제4회 자음과모음 청소년문학상 수상작

톡톡톡, 보풀랜드입니다

공지희 장편소설

(주)자음과모음

차례

모든 아이들은 어디선가 태어난다.

달림은 바닷가 작은 마을에서 태어났다.

1부. 한적한 바닷가 마을에

귀신 놀이터에는 노랑모자가 엄마를 기다리고

뜨거운 여름이 지나가고 난 쓸쓸한 바닷가에서 달림은 중3의 9월을 맞이했다. 맑은 날 오후였다. 서쪽으로 넘어가고 있는 해는 어제의 그 해와 하나도 달라 보이지 않았다.

달림은 오늘도 어제처럼 자전거를 타고 해안 길을 달려 집으로 돌아가는 길이다. 바닷가에서 들려오는 파도 소리와 자전거 체인 소리가 박자를 맞춘다.

사아아 차라락 사아아 차라락 사아아…….

집으로 가던 방향을 틀어 슈퍼 옆 골목으로 들어섰다. 골목 안은 한적했다. 오르막이 시작되는 곳에서 달림은 자전거에서 내렸다. 방금 전까지 충성스러운 다리가 되어줬던 자전거, 삐딱이는 한순간 짐으로 변했다. 달림은 삐딱이를 옆구리에 찰싹 붙이고 천천히 걷기 시작했다.

골목은 좁고 구불구불하다. 슬레이트 지붕을 쓴 허름한 집들은 햇볕 때문에 나른해 보였다. 돌멩이와 시멘트가 섞인 바닥은 빛바랜 공책 같다. 골목길은 점점 가팔라지고 좁아졌다. 달림은 이쯤에서 엉덩이를 삐쭉 빼고 삐딱이의 꽁무니를 밀었다.

달림은 이 길이 비현실적인 느낌이어서 좋다. 아주 어릴 적, 기억의 끈이 이어진 최소한의 어린 나이쯤, 아버지 등에 업혀 갔던 그 길인지도 모른다. 꿈이었을지도 모르는 길……. 길 끝나는 곳에는 더 비현실적인 곳이 있다. 귀신 놀이터.

동네 꼬마들은 이곳에 발걸음을 뚝, 끊고는 귀신 놀이터라고 불렀다.

놀이터는 언젠가부터 안개가 유난스럽게 몰려들었다. 기후 변화 때문이라는 소리도 있지만, 꼭 그렇지만은 않다. 아주 오래전부터도 일 년에 한 번쯤은 그래 왔었다는 말도 있으니까. 안개가 두꺼운 날은 마치 놀이터가 통째로 감쪽같이 사라져버린 것 같기도 했다. 그런 날은 귀신이 와서 논다는 얘기가 동네에 떠돌았다.

놀이터 입구에는 허리 높이쯤 되는 붉은 벽돌 기둥이 서 있다. 입구를 표시했던 기둥은 무너지고 무디어져 무기력해 보였다. 두 발짝 떨어진 곳에 또 다른 하나였을 기둥의 흔적이 남아 있다.

안으로 들어서자 포근한 느낌이 달림의 몸을 감쌌다. 이곳의 햇볕은 세상을 쪼이는 햇볕들하고 달라 보였다. 아주 오래된 흑백사진 속 풍경처럼 꼼짝없고 고요하다.

놀이터는 작은 숲으로 둘러싸여 있다. 멀리서 보면 숲은 미친 여자의 풀어헤친 긴 머리카락 같다. 놀이터를 두텁게 품어 안은 듯 둘러선 나무들이 무성하다. 이층집보다 키가 높은 메타세콰이어, 그보다 한층 아래쯤 키의 계수나무, 흐느적흐느적 바람을 타고 노는 버드나무. 변함없고 듬직하다.

숲과 놀이터의 경계에는 키 자란 엉겅퀴와 말라가는 망초꽃대들이 작은 밀림을 이루고 있다. 모래밭에는 금방이라도 사그라질 것 같아 보이는 기구들이 남아 있다. 작은 미끄럼틀 하나 시소 하나 그네 두 개. 그것들은 칠이 거의 다 벗겨진 채 아주 오래된 조형물처럼 땅에 박혀 있다. 두터운 먼지를 덮고.

네모나지만 각이 지지 않은 땅바닥에는 야생 잡풀들이 무성하게 자라 있고, 오래된 황금색 모래들이 기묘한 형태로 집을 짓고 있다. 새 발자국과 개미들의 길이 선명하게 보인다.

숲 안쪽에는 정체 모호한 물체들이 있다. 옛날식 놀이기구인지도 모를 동그란 다람쥐 틀, 우묵하고 커다란 바구니, 나무 위에서 내려온 듯한 넝쿨 밧줄, 구름다리 같은 철봉, 얽힌 나뭇가지들이 만든 동굴, 부푼 젖가슴을 연상하게 하는 철제 조형물…… 밖에서는 웬만해서 알아채지 못하게 깊숙이 숨어 있다.

놀이터가 뿌연 안개로 축축하게 젖어들면, 달림은 그런 분위기가 마음에 들었다. 어린아이일 때도 애들이 복작거리는 아랫동네 놀이터보다 이 귀신 놀이터가 좋았다. 놀이터에서 놀 나이가 훌쩍 지난 지금도, 집에 일찍 들어가기 싫은 때나 혼자 생각할 일이 있을 때, 이곳을 찾아온다. 오늘은 집에 일찍 들어가기도 싫고, 게다가 생각할 게 좀 있다. 아무에게도 방해받지 않는 혼자만의 시간이다.

바람이 불고 바다 냄새가 진하게 날아왔다. 부스스, 나무들이 이파리를 흔들었다.

달림은 체육복 바지 위에 덧입은 교복치마를 훌러덩 걷어 올리고, 먼지 덮인 그네에 엉덩이를 걸쳤다. 몸을 움직이자 그네는 끄으윽 끄으으윽, 소리를 냈다. 그네귀신 우는 소리 같다.

주머니에서 전화 진동이 울렸다. 아무에게도 방해받고 싶지 않은 순간에 꼭 반갑지 않게 전화하는 사람이 있다. 엄마였다. 아무리 한가한 시간이라도 엄마 전화는 받고 싶지 않다. 전화는 조금 더 울다가 잠잠해졌다.

달림은 그네에서 한가하게 흔들리다가 문득 계수나무 아래 벤치로 갔다.

달림은 계수나무를 좋아하고, 그 아래 벤치를 좋아했다. 계수나무가 바람결에 차르르, 동전 부딪치는 소리를 냈다. 늘어진 계수나무 가지를 하나 꺾어 들었다. 똥똥한 하트 모양 이파리들은 언제 봐도 사랑스럽다. 달림은 벤치에 벌러덩 드러누웠다. 코에 나무 이파리를 대고 흐읍, 숨을 빨아들였다. 솜사탕 냄새가 났다.

사랑 점치기. 달림의 베프, 미루가 잘하는 짓이다. 미루는 남자가 바뀔 때마다 꼭 사랑 점을 쳤다. 점괘는 꼭 들어맞지는 않아도 묘한 중독성이 있었다. 기대감의 절정을 느끼게 하는 맛이랄까?

달림은 지평의 얼굴을 떠올렸다. 그리고 맨 아래 이파리부터 하나하나 뜯으며 중얼거렸다.

"사랑한다 사랑 안 한다 사랑한다 사랑 안 한다 사랑한다……."

이때, 불쑥 재재거리는 목소리가 들렸다.

"먼저 들어가."

"싫어! 나, 난 맨 나중에 들어갈래."

인간 참새들이다. 초딩 1, 2학년쯤 돼 보이는 꼬맹이들이 어석어석 놀이터로 줄지어 입장했다. 하나 둘 셋 네 명씩이나. 잔뜩 긴장한 얼굴, 주먹까지 불끈 쥐고 있다. 마치 적진에 투입된 특공 용사들처럼 비장했다.

"귀신 같은 거 나오라 그래. 다 무찔러줄 테다!"

앞에 들어온 아이가 짤막한 막대기를 높이 들면서 어설프게 목청을 땄다. 다른 아이들 반응은 시원찮다. 쌕쌕 후우후우…… 가쁜 숨소리만 낼 뿐이었다.

첫 번째로 입장한 아이가 볼락볼락 입을 놀렸다.

"이것 봐. 뭐랬어? 귀신 같은 건 없다고 했잖아."

달림은 벤치에 누운 채로 꼼짝 않고 지켜보기만 했다. 조금 있다가 아이들은 단체로 용감해졌다. 그러고는 놀이터가 떠나가라 떠들며 펄쩍거리기 시작했다. 무채색이었던 놀이터가 금세 알록달록 들썩거렸다.

아이고, 귀찮은 훼방꾼들. 도대체 지들 다리가 어디로 가고 있는 줄도 모르는 천방지축 꼬맹이들 같으니라고.

달림은 시끄러운 꼬맹이들은 질색이다.

"여기 봐! 자전거도 있어."

한 꼬마가 삐딱하게 서 있는 달림의 삐딱이에 매달려 낑낑거리기 시작했다. 한쪽 다리를 올렸다 내렸다 하더니 삐딱이를 철커덕, 쓰러트리고 말았다. 그러고는 드러누운 삐딱이에게 팍팍 사정없이 발길질을 해댔다. 얼라? 내 삐딱이를? 눈에 불이 켜졌다.

달림은 콧구멍으로 길게 숨을 내뿜었다. 그리고 조용히 일어나 앉아 뒤통수에 깡똥 묶었던 머리 꽁지를 풀었다. 그리고 천천히 머리카락을 모두 앞으로 쓸어 덮어 커튼을 쳤다. 그리고 휘파람을 불었다. 휘이이이 이이익!

꽥꽥거리던 소리들이 뚝, 잠잠해졌다.

온통 산발이 된 검은 머리통을 발견한 꼬마들은, 흡! 숨을 멈추고 얼음처럼 굳어버렸다. 왕방울만해진 눈알들이 금세 튀어나올 것만 같았다. 달림은 속으로 카운트를 했다. 하나 둘 셋 넷…… 열을 채 세기도 전에 뜨거운 반응이 터졌다.

"엄마야!"

"으아아아앙! 귀신이다."

꼬맹이들은 꽁무니에 불이 붙은 듯 달아났다.

"으흐흐흐, 성공!"

달림은 머리카락을 손가락으로 빗어 다시 뒤로 넘기며 중얼거렸다.

"귀신 놀이터는 귀신에게 양보하세요. 꼬맹이들아."

꼬맹이들은 짱짱하게 잘 돌아가는 아랫동네 놀이터로 몰려갈 것이다. 초등학교에 요즘 새로 들여놓은 미끄럼틀과 동굴 탐험을 믹스한 최신형 정글짐이 그렇게 인기 만점이라는데, 굳이 여기까지 와서 놀 필요가 뭐 있나 싶었다.

훼방꾼들을 물리친 달림은 하던 일을 마저 해야 했다. 뜯다 만 계수나무 이파리를 코앞으로 들어올리고 크게 숨을 들이쉬었다. 다시 지평의 얼굴을 떠올렸다.

"어디까지였지? 사랑한다였나? 안 한다였나? 에이, 처음부터 다시."

계수나무 가지를 새로 따려고 일어서서 팔을 뻗는데 얼핏 무언가 눈에 띄었다. 담벼락, 꼬리꼬리 시들어가는 애기똥풀 사이에 한 아이가 기대 앉아 눈을 감고 있었다. 대여섯 살쯤 돼 보이는 노랑 모자를 쓴 아이였다.

"어라? 아직 한 꼬마 손님이 남았네……. 그런데 기절한 거야?"

달림은 아이의 엉덩이를 발로 툭툭 건드렸다.

"어이! 꼬마."

아이가 눈을 반짝 떴다. 푸른빛이 도는 까만 눈동자. 신비한 기운이 느껴졌다. 아이는 반가운 얼굴로 활짝 웃었다.

"엄마?"

"엥? 엄마라니? 내가?"

이렇게 생뚱맞기는 처음이다. 충격이 커서 정신없는 모양이다.

"나, 엄마 아니다. 꼬마야."

웃던 아이가 눈을 깜빡깜빡하다가 불쑥 집게손가락을 달림에게 내밀며 종알거렸다.

"톡톡톡?"

달림은 알 수 없는 소리와 요상한 손짓을 싹 무시하고 물었다.

"엄마 기다리니?"

아이는 시무룩, 고개를 떨구며 "응." 대답했다.

"집에 가서 기다려야지. 이런 데서 자면 큰일나요. 도깨비가 우왕, 물어간다."

달림의 허풍에도 아이는 눈도 꿈쩍 안 했다.

"엄마 올 거야!"

"그래? 여기로?"

끄덕끄덕.

이때, 달림 전화에 문자가 도착했다. 또 엄마였다.

안 오나?

가요.

전화 그렇게 안 받을래?

못 들었음.

오늘 일찍 오라 했지?

뭔 일?

아침에도 말했지? 단체 손님.

헉!! 깜빡!! 갑니다요. 사장님.

어쩐지 집에 일찍 가기 싫더라니…… 머리는 깜빡 하고 시키지도 않은 짓을, 몸이 알아서 뭉그적거렸던 거다. 식당 집 딸로 사는 몸, 참 고달픈 인생이다.

엄마에게서 결정타가 날라왔다.

오늘 늦게 오면 용돈 깎는다고 말했지? 다섯 시 정각까지 안 오면, 알아서 해라.

헉! 생명줄 같은 용돈……. 한다면 하는 독한 엄마다.

옆에 있던 쓰레기 더미를 엄마 엉덩이라고 생각하고 퍽퍽 발로 힘껏 찼다.

"내가 뭐 식당 종업원도 아니고, 에이씌!"

"에이쒸!"

곁에 있던 노랑모자 꼬맹이가 달림의 말을 따라 흉내를 내더니, 까르르 웃어 제꼈다. 달림은 사납게 야단쳤다.

"못써!"

아이는 아랑곳하지 않고 또 따라 했다.

"못써!"

내 참, 버릇없는 꼬맹이다. 달림은 눈을 부릅뜨고 아이를 노려봤다. 달림의 기세에 풀이 죽었는지 아이는 고개를 숙이고 얌전해졌다.

"꼬마야. 엄마는 집에 가서 기다려라. 알았지?"

달림이 손을 내밀자 아이는 달림의 손을 잡고 고분고분 일어섰다. 달림은 아이의 엉덩이에 붙은 풀 부스러기를 툭툭 털어줬다. 아이가 달림의 몸 가까이로 코를 큼큼거렸다. 달림은 주춤, 아이에게서 떨어졌다.

삐딱이를 끌고 슬렁슬렁 귀신 놀이터를 나오는데 아이가 뒤를 졸졸 따라왔다. 불길한 생각이 들었다. 귀찮은 건 딱 싫은데. 게다가 꼬맹이가 귀찮게 구는 건 완전 질색인데……. 달림은 애써 모른 척 걷다가, 쌩하니 골목을 달려 내려왔다. 돌아보니, 아이는 보이지 않았다.

뼈 빠지게 식당일 할 생각을 하니 기분이 가라앉았다. 우울할 땐 달고 시원한 게 최고다. 슈퍼에서 쭈쭈바를 사서 입에 물고 시계를 보니 다섯 시 삼 분 전이다. 빨리 가야지, 생각만 들 뿐 다리는 천천히 움직였다. 달림은 반항적인 자신의 다리가 만족스러웠다.

에라! 모르겠다.

유정식당 콩쥐는 브로콜리를 썰고

유정식당. 다섯 시 오 분 도착. 엄마는 한참 정신없을 터였다. 달림은 식당 뒤쪽에 있는 집 현관 문 옆에 삐딱이를 세웠다. 이때, 노랑모자 그 꼬마가 불쑥 뒤에서 나타났다.

"어? 너……, 어떻게 따라왔어?"

아이는 천연덕스럽게 웃었다.

"나랑 놀자."

"뭐라? 꼬마야. 이 누나는 너랑 놀아줄 만큼 한가한 어린애가 아니란다."

아이는 달림의 말을 무시하는지 땅에 발이라도 붙은 것처럼 꼼짝할 생각을 안 했다.

"얼른 집에 가봐라."

등을 밀었다. 아이는 한두 발짝 물러서다가 그대로 섰다. 아, 얘 뭐냐? 대책 없네.

아이는 빤히 올려다보며 웃었다. 웃는 눈이 반달 모양이다. 참말로 예뻤다. 집으로 들어가려니, 아이가 쫄래쫄래 꼬랑지에 붙었다. 달림은 난감스러워 한숨이 나왔다. 이때 아이가 슬그머니 달림의 집게손가락을 잡았다. 작은 아이의 손이 달림의 손가락에 꼭 감겼다. 말랑말랑한 푸딩 같다. 달림의 마음이 노골노골 풀어지면서 배꼽 안쪽에 촛불이라도 켜진 것같이 따뜻해져왔다. 그리고 왠지 모르게 애틋해졌다.

참, 달림의 배꼽은 무척 예민하다. 감정에 따라 변화무쌍하게 반응한다. 배꼽 안, 어딘가 몸 깊은 곳에서 둔감한 마음에 신호를 보내주는 것 같다. 내 배꼽은 왜 이럴까? 엄마에게 말했더니 대수롭지 않게 병원에 가보라고 했다. 의사는 병이 아니라고, 스트레스가 심해서 그런 거니 학원을 당장 쉬라고 권장했다. 하지만 그때 달림은 학원은커녕, 집에서 펀펀 놀고 있었던 때였다. 게다가 달림은 스트레스를 별로 받는 성격이 아니었다. 친구들은 달림의 배꼽에 대해 신기해하면서 장난스럽게 진단을 내렸다. 생리통, 소화불량, 기생충…….

달림의 남자 친구, 지평이 알은척을 했다.

"엄마 애정결핍증일걸? 내가 어디서 봤는데, 사람은 누구나 뱃속에서 나올 때, 처음으로 엄마와 떨어지면서 잘린 배꼽에 대한 아픈 기억을 갖게 된대. 그런데 태어나서 엄마에게 충분한 사랑을 받지 못하면 배꼽 잘린 기억을 자꾸 떠올리게 되고, 배꼽 근처에 신경이 곤두서는 거래."

지평의 횡설수설한 얘기는 꽤 타당성 있게 들렸다. 달림은 심하게 엄마 애정 결핍을 느끼고 있었으니까.

엄마의 사랑이 넘쳐서 마마보이 증상이 있는 지평은 얄밉게 입을 놀렸다.

"나는 배꼽이 있는 줄도 몰라. 일 년에 한 번도 안 들여다보거든."

달림은 유별난 제 배꼽이 무척 맘에 들었다.

어쨌든 달림은 배꼽 안쪽에서 보낸 기분 좋은 감정을 느끼며, 제 손가락을 잡고 있는 꼬마에게 친근하게 물었다.

"엄마 기다린다면서? 왜 따라왔어?"

아이는 대답 없이 쥐고 있던 달림의 손가락을 살살 흔들기만 했다.

"세상이 얼마나 험악한 줄 모르는 꼬마야. 이렇게 아무나 따라다니면 절대 안 되는 거야. 알았어? 너 같은 꼬마를 잡으러 다니는 무서운 괴물이, 으흐흐흐…… 얼마나 많은데. 이 누나가 착한 사람이라서 다행인 줄 알아."

아이는 겁먹기는커녕 해죽해죽 웃었다. 똑똑하지도 않은 것 같은데, 겁까지도 없는 아이다.

"거참, 내가 왜 이리 걱정되냐? 꼬마! 집이 어디야?"

아이가 고개를 저었다.

"집, 어딘지 몰라?"

또 저었다.

"안다는 거야 모른다는 거야? 도대체 알 수가 없네. 엄마나 아빠, 전화번호 알아? 누나가 전화해줄게."

아이는 또 살래살래 했다. 쿵, 뒤통수가 울렸다.

"뭐야? 이 꼬마. 엄마 잃어버린 거 아냐?"

돌발 상황이다. 달림은 일단 아이를 끌고 집으로 들어가며 걸걸하게 소리를 질렀다.

"마마님! 콩쥐 왔어요."

우선 귀가 신고부터 해야 했다. 성질 급한 엄마를 건드렸다간 국물도 없을 테니까. 엄마의 째지는 목소리가 날아왔다.

"빨리 빨리 나와."

방문을 열고 선 채로 가방을 던지고 체육복 겉에 걸쳤던 교복을 훌러덩 벗어 방 안으로 던졌다. 그런 달림을 아이가 물끄러미 구경하고 섰다.

"꼬마야. 여기서 놀고 있을래?"

아이는 방 안을 들여다보더니 해죽, 고개를 끄덕거렸다. 달림은 아이를 방으로 밀어 넣고 허겁지겁 식당으로 들어갔다. 독이 잔뜩 오른 엄마 얼굴이 보였다. 주방 개수대 옆에는 손질해야 할 채소들이 가득 쌓여 있었다. 엄마는 딸의 얼굴을 보자마자 잔소리를 쏟아 붓기 시작했다.

"빨리빨리 움직여! 단체 손님 시간이 코앞이야. 일찍 좀 오라고 그렇게 신신당부를 했는데, 이러기야? 뭐하다 이제 왔어? 또 피시방 갔었지? 다음 주 용돈 아주 없는 줄 알고나 있……."

"지금! 용돈이 문제야?"

달림은 당당한 목소리로 엄마의 잔소리를 끊었다. 반짝, 그럴싸한 핑계거리가 떠올랐다.

"얼씨구!"

엄마가 웬일이냐는 눈으로 달림을 흘겼다. 용돈이 문제가 아니란 말이지? 하는 표정이었다. 달림은 잠시 숨을 고를 필요가 있었다. 반짝 떠오른 생각도 정리할 겸. 그러고는 도마 위에 마늘을 한 주먹 쏟아놓고 칼로 저미기 시작하며 천천히 입을 열었다.

"내가 늦고 싶어 늦은 게 아니라, 아주 중요한 일이 있었다구."

"핑계는 됐고!"

엄마는 곧바로 태클을 걸었다. 그러고는 아무 말도 들을 생각이 없다는 듯 얼굴을 돌렸다. 달림은 다시 입을 열었다.

"아주아주 중요하고 중요한 일이 있었다니까."

엄마는 아예 무시였다. 아니, 귀를 꽉 막은 것 같기도 하고, 너무 바빠서 대꾸할 수 없어 보이기도 했다. 달림이 보기에도 엄마는 바빠도 엄청 바빠 보였다.

버너 위 팬 안에 볶고 있던 번데기를 휘적휘적 몇 번 뒤집어주고는 곧바로 양푼 안에 든 꼬막을 벅벅 문질러 씻었다. 곧이어 펄펄 끓는 솥에 거름망을 쑥 집어넣어 데친 브로콜리를 건져내고는 동시에 그 물에다 깍지콩을 쏟아 붓는 신공을 발휘하고 있었다.

바쁜 엄마를 보자 조금 미안한 마음이 들기는 했다. 달림은 마늘을 굵직굵직 대충 저며놓고, 개수대에서 당근을 씻으며 술술 핑곗거리를 풀어내기 시작했다.

"집에 오는데 어떤 꼬마가 엄마를 잃어버리고 헤매고 있는 거야. 아주 천사같이 생긴 애가 말이야. 웃으면 눈이 완전 반달눈이 되더라구. 불쌍해서 어떻게 그냥 올 수 있겠어? 그래서 늦은 거야."

엄마는 믿을까 말까 하는 눈빛으로 달림을 흘겼다. 달림은 요 타이밍을 놓치지 않고 바로 이어갔다.

"엄마를 잃어버린 애를 그냥 놔두고 오는 건…… 참, 사람 할 짓이 아니잖아. 안 그래? 내가 아무리 용돈을 주네 안 주네 하는 엄마 딸이지만, 그래도 사람 할 짓 못할 짓은 구별해야 엄마가 안 슬플 거 아냐. 그래? 안 그래?"

"그래서?"

드디어 엄마가 넘어왔다.

"그래서 말이야, 파출소에 데려다주려고 했지. 했는데……."

"했는데?"

엄마 눈빛에 호기심이 가득해졌다.

"엄마가 하도 난리를 피는 바람에 일단 집으로 데리고 올 수밖에 없었다는 말씀이지."

엄마 눈이 뎅그레졌다.

"데리고 왔다고? 어디?"

"내 방에 들어가 있으랬어."

엄마는 곧바로 확인 차 뛰어갈 자세를 잡았다. 그때 불 위의 솥뚜껑이 푸르르 떨어댔다. 엄마는 번개처럼 솥뚜껑을 열어 젖혀 깍지콩을 건져내고 김이 펄펄 나는 깍지콩 하나를 까 콩을 입에 털어 넣었다. 그러고는 구워지는 오징어 같은 얼굴을 하고 어적어적 씹었다.

"아이고! 너무 익혔나?"

달림은 점잖게 엄마에게 말했다.

"사장님. 지금 정신없는 타이밍이니까 이따 가 보시고요. 일단 급한 일에 집중하세요."

엄마는 수상쩍은 눈으로 딸의 얼굴을 빤히 보았다. 그러고는 퍼뜩 정신을 차리고 찬장에서 달걀찜용 뚝배기를 꺼내 풀어놓은 달걀물을 부었다.

"그러니까 나 일부러 늦은 건 아닌 거야? 용돈을 주네 마네 그런 소리 이제 그만요?"

"흥! 어디 이따 가서 보고!"

달림은 길게 한숨이 나왔다.

"에효효! 내 팔자야."

브로콜리도 썰고 고추도 썰고 양배추도 썰고 오이 당근도 썰고, 피클도 썰고 김치도 썰고, 파도 썰고 문어 다리도 썰었다. 썰고 썰고 또 썰고…… 사이사이 엄마의 매서운 눈초리가 날아왔다. 제대로 하고 있는 거야? 예쁘게 썰고 있는 거야? 하는.

채소들과 반찬을 그릇에 담아 탁자에 올리고 접시와 종지와 물컵과 술잔 수저 물수건을 세팅했다. 그러고 나자 엄마는 조금 안심을 한 듯 얼굴을 풀었다.

이제, 회를 뜰 시간이다.

엄마는 도마 위에 우럭을 올리고 잠깐 동안 뚫어져라 바라봤다. 도마 위 생선이 푸득푸득 뒤척이면서 아가미를 풀썩거렸다. 생선 비린내가 훅 코로 들어왔다. 엄마는 입술을 앙다물고 사시미 칼로 생선살을 베어내기 시작했다. 생선은 퍼득거리다가 조금씩 움직임이 둔해졌다. 가끔씩 입을 뻐금뻐금, 꼬리를 피릭피릭, 아가미를 풀썩풀썩 움직였다.

"우웩!"

달림은 일부러 장난스러운 소리를 내며 손으로 입을 막았다. 손에서 독한 마늘 냄새가 진동했다. 이번에는 저절로 소리가 나왔다.

"우우엑!"

긴장된 집행을 하던 칼잡이가 홱, 고개를 돌려 달림을 째렸다.

"생선이 불쌍하잖아."

"손님이 펄떡거리는 걸 보고 먹겠다는데 어떻게 해."

"꼭 이렇게 산 채로 먹어야 맛인가?"

"내 말이."

꼭 산 채로 먹어야 하는 사람이라면……, 달림은 오늘 단체 손님이 누군지 알 것 같았다.

"나는 생선을 좀 유별나게 먹어요. 입을 뻐끔거리고 꼬리가 파닥거리면서 살아 있다고 몸부림을 치는 거라야 맛이 있거든."

식당에 오던 첫날부터 특별 주문을 했던 오렌지 병원 원장 얼굴이 떠올랐다. 오렌지 병원은 유정식당 옆 한 집 건너에 있는 산부인과 병원이다.

맨 처음에 유정식당 주방장인 엄마는 살아 있는 채로 생선회 뜨는 솜씨가 없었다. 하지만 식당에 자주 오는 오렌지 병원 원장의 특별 주문 때문에 멀리 일식 전문 요리사에게 찾아다니며 회 뜨는 방법을 배워왔다.

활어회는, 말 그대로 살아 있어야 한단다. 칼질로 나붓나붓 해체되었던 생선살 조각이 흐트러짐 없이 몸 고대로의 형태를 유지한 채 접시 위에 있어야 한다. 포인트는 생선이 꼭 움직여줘야만 한다는 거. 접시 위에 누워서 입을 뻐끔거리고 꼬리를 툭툭 치고 아가미를 풀럭풀럭거리는 생선이 달림을 보며 이렇게 절규했다. 나 죽었냐? 살았냐?

달림도 알 수 없다. 살아 있는 것과 죽은 것의 차이, 참 별거 아니라는 생각이 들 뿐.

처음에는 산 채로 접시에 올려져 퍼득거리는 생선을 차마 제대로 볼 수 없어서 생선 얼굴에 깻잎을 덮어버렸었다. 그런 잔인무도한 상황을 만들어낸 엄마가 혐오스러워지려고 했다. 하지만 쓴 약을 물고 있는 듯한 엄마의 얼굴을 보면 마음이 짠해졌다. 엄마는 먹고살기 위해서 장사를 해야 하는 식당 사장일 뿐이었다. 애써 폼 나게 표현하자면, 프로 정신으로 무장한 주방장의 자세라고나 할까?

오렌지 병원에는 후문이 있고

시간이 되자, 오렌지 병원 단체 손님이 몰려들었다. 의사와 간호사들과 사무직원들이 합쳐서 한 열두 명 가량 몰려왔다. 원장은 빈정거리는 인상을 가진 중년 남자였다. 콧방귀를 뀌기 바로 직전처럼 보이는 얼굴 표정은 왠지 사람을 긴장하게 만들었다.

원장은 잔뜩 기대에 찬 낯으로 식탁에 앉았다. 회가 싱싱하지 않으면 곧바로 콧방귀를 날려버릴 것 같아 보였다. 유정식당 사장은 잔뜩 긴장했고, 달림도 덩달아 불안했다. 풀썩풀썩하는 회 접시가 식탁에 올려지자 원장의 눈빛은 회 접시에 꽂힐 듯 빛이 났다. 그는 흥을 섞어 추임새까지 넣었다.

"살아 있네! 살아 있어!"

원장은 생선살을 입에 넣고는 쫩쫩, 살아 있는 살의 맛을 음미했다. 그러고는 만족한 얼굴로 술잔을 들었다. 생선 눈알을 들여다보고 술 한 잔 마시고, 꼬리가 파닥거리는 걸 확인하고 또 한 잔 기울였다.

유정식당 입장에서 엄마는 오렌지 병원 원장을 브이아이피 고객이라고 늘 환영했지만 달림은 그 사람, 처음부터 별로였다. 왠지 불편하고 으스스했다.

오렌지 병원은 이 년 전 동네에 오렌지 빛 건물을 짓고 산부인과 개업을 했다. 병원 건물이 6층까지 올라갔는데, 1, 2층은 외래 환자고, 나머지는 입원실이었다.

"생뚱맞게 웬 산부인과? 누가 이런 촌구석으로 애를 낳으러 온다고."

동네 소식통, 미용실 아줌마는 오렌지 병원이 곧 망할 거라고 장담했었다.

"일 년 안에 문을 안 닫으면 내 손에 장을 지진다!"

하지만 미용실 아줌마는 손에 장을 지져야 할 판이 되고 말았다. 이런 촌구석까지 환자들은 제법 많이 왔다. 이웃 시내에서, 타지 멀리에서도 찾아왔다. 가깝지 않을수록 좋고, 은밀하고 조용한 곳에 있어서 좋은 그런 산부인과, 그것이 오렌지 병원의 전략이었다. 오렌지 병원은 특이하게 건물 뒤쪽에 있는 문을 화살표로 안내해놓았는데, 거기에 '후문'이라고 쓰여 있었다.

"왜 뒤쪽에 굳이 후문, 이라고 표시해놓은 걸까?"

달림이 엄마에게 물었다.

"후문으로 다녀야 하는 사람들이 있어서 그런 거겠지. 뭘 그리 꼬치꼬치 물어."

달림은 우연히 미용실 아줌마의 수다를 듣고 알게 되었다.

"오렌지 병원은 입원실이 호텔 같다 하대. 바다가 좌악, 보이고. 병원비는 억수로 비싸도 이렇게 한적한 데 와서 쥐도 새도 모르게 수술하는 환자들이 꽤 된다네. 출산보다 중절 수술 전문이란다."

병원이 생긴 지 한 해가 훨씬 지났을 때, 달림은 미용실 아줌마에게 짓궂게 물었다.

"병원 곧 안 망하면 아줌마 손에 장을 지지신다고……, 안 했어요?"

미용실 아줌마가 자기 두 손을 들여다보다가 입으로 가져갔다. 그러고는 바삐 일어나면서 썩은 생선 냄새 맡은 얼굴을 했다.

"으익! 빠마약 냄새."

오렌지 병원 회식은 열 시를 꼬박 채워 끝났다. 대충 정리를 마치고 엄마가 잘 준비를 하고 있었다. 달림은 엄마 옆으로 찰싹 달라붙었다.

"오늘 엄청 힘들었지?"

"에구구. 그랬지."

"나도 엄청 힘들었는데……."

엄마는 텔레비전 리모컨을 누르며 건성건성 말했다.

"그래. 딸. 고생했다."

달림은 엄마 앞에 손바닥을 내밀었다.

"뭘?"

"일당."

엄마는 무시하고 자리에 누우며 텔레비전 채널을 이리저리 돌렸다. 달림은 울컥, 서운한 마음이 들었지만 애써 나긋한 목소리를 냈다.

"고생했으니까 용돈 좀 줘라. 응?"

"요번 주 용돈 줬잖아."

"에이, 보너스 말이야. 수입도 짭짤하실 텐데, 응?"

"딸이 엄마 일 쬐꼼 도와주면서 꼭 그렇게 돈타령해야겠어?"

엄마는 단칼에 잘라버리고 냉정하게 돌아누웠다. 역시 엄마는 쉽지 않다. 달림은 살살 약이 오르려는 자신을 다독거리고는 여유 있는 척했다.

"호호. 요즘 들어 단체 손님이 부쩍 많아졌어요. 다음에는 출동 못할지도 모릅니다. 사장님."

엄마는 자리에서 벌떡 일어나 앉아 눈꼬리를 파르르 올렸다. 그러고는 달림이 코앞에 바짝 손바닥을 펼쳤다. 손바닥에서 생선 비린내가 솔솔 풍겼다.

"내놔!"

"뭘?"

"너 젖 먹이고 기저귀 채워주고 옷 입혀주고 밥 먹여주고 학교 보내주고 학원 보내주고……. 그거 다 계산해서 내놔."

찔러봐라. 피 한 방울 나오나. 딱 그 표정이었다. 아, 이 식당 사장. 도무지 비즈니스의 세계를 모르네. 달림은 마음을 비우며 엄마의 손바닥을 철퍼덕 내리치면서 외쳤다.

"알았어. 퉁쳐!"

달림의 주둥이가 쑥 나오자, 엄마는 슬그머니 죽는 소리를 시작했다.

"지난달부터 해림이 과외 하나 더 하잖아."

그리고 고뇌에 가득 찬 표정을 지으며 어깻죽지를 축 늘어뜨렸다.

"그놈의 과외비는 왜 그리 비싸냐? 참말로 돈 억수로 퍼붓는다. 개가 와서 돈 보따리 준다고 형님, 부르라 하면 네 형님, 할 판이다."

"그럼, 돈 억수로 퍼붓는 딸 출동시키면 되겠네."

엄마는 명쾌하게 한마디 했다.

"해림이는 공부해야지!"

그것만큼은 엄마의 철칙이었다. 언니의 공부는 엄마의 희망이기 때문이다.

"나도 공부할 거야. 이제부터 일 시키지 마."

달림은 앞치마를 훌렁 벗어 엄마에게 날렸다. 엄마는 서운한 눈으로 째려보다가 만 원짜리 지폐를 마지못한 듯 내밀었다. 달랑 한 장. 달림은 달랑 한 장이 아니꼬웠다. 받을까 말까 하는 사이에, "싫음 말구." 엄마는 냉큼 거둬 넣고는 벌렁 자리에 누워버렸다.

그냥 받을 걸 그랬나? 만 원이라도 어디야……. 아니, 한 번 더 찔러보자.

달림은 혼잣소리처럼 중얼거렸다.

"아 참! 봉봉버거에 알바 자리 났지? 깜빡했네. 시급 엄청 세던데 내일부터 거기 가서 일해야겠다. 삼 개월 이상은 꼭 근무해야 하는 조건 때문에 걱정이네. 어떡하지? 내가 없으면 유정식당 장사 닫을까 봐 망설였는데……."

엄마가 불편한 듯 뒤척거렸다.

"봉봉버거에서 네 시간씩 일하면 최소한 이만 원……, 유정식당에서는 하루 종일 해도 만 원도 줄까 말까……, 에효! 허달림은 뭐냐? 효녀도 아니고 바보도 아니고."

엄마는 머릿속으로 계산을 하고 있을 것이다. 식당에 임시 알바 아줌마가 오면 최소한 오, 육만 원은 줘야 하는데, 엄마는 이렇게 만만하고 능력 있는 일꾼을 놓칠 리가 없다. 마지막 카드를 날렸다.

"에라 모르겠다! 내일 당장 가봐야지."

드디어 엄마가 반응을 보였다. 누운 채로 주머니를 뒤적거리더니 만 원짜리를 꺼내 등 뒤로 휘릭 날리고, 이어서 오천 원짜리 한 장을 더 피리릭 날렸다. 만 오천 원이라……. 뭐, 이 정도면 그럭저럭 보람차다.

달림은 지폐 두 장을 홀라닥 주워 일어섰다. 엄마가 달림의 뒤통수에 대고 부르댔다.

"알바 다닐 생각 말고 공부나 해."

"알았어요. 마마님."

"참, 모레 단체 손님 있다. 오늘처럼 늦게 오지 말고, 끝나자마자 바로 와야 해. 그리고 주말에도 엄청 바쁠 거 같어."

"공부하라며?"

아무 대답이 없다. 달림은 엄마 대신 명쾌하게 마무리했다.

"공부는 적당히! 식당 일은 열심히! 그럼 됐지?"

달림은 기분이 좋았다. 일하기는 싫어도 모레 또 용돈을 벌 기회가 생겼으니.

엄마가 주는 용돈은 너무 적다. 일주일에 만 원. 요 쥐꼬리만 한 용돈은 차비 학용품비도 포함이다. 한 푼 두 푼에 목매는 구차한 인생이다. 차비 좀 아껴본다고, 비가 오나 눈이 오나 바람이 부나 삐딱이까지 끌고 다니면서 알뜰하게 살아도, 인간답게 돈 좀 써보는 건 턱도 없다. 일주일에 햄버거 한 번 사먹기도 힘들다. 다른 애들처럼 옷이나 화장품을 사는 건 엄두도 못 낸다. 옷값 화장품 값을 보면 달림의 입이 떡 벌어진다. 자신이 멋 안 부리고 외모 꾸미는 데 관심 없는 게 얼마나 다행인지……, 그래도 가끔은 씁쓸한 생각이 들었다. 자신이 멋에 대한 감각이 처음부터 없었던 게 아니라, 가난한 집 천덕꾸러기로 살아가느라 환경 적응 차원에서 자연 도태된 거라고.

그렇다고 달림이 돈이 필요 없는 건 아니다. 절실히 필요했다. 뭔가를 사랑하려면 돈이 꼭 필요하다. 달림은 피규어를 사랑한다. 돈이 없으면 절대 사랑할 수 없는 피규어.

미루와 코스프레 행사를 쫓아다니게 되면서 피규어를 알게 되었다. 싼 것은 몇 천 원짜리도 있지만 몇 만 원, 세트로는 몇 십만 원을 훌쩍 넘어가는 것도 있다.

요즘 달림은 콩대가리족 피규어에 꽂혔다. 손톱만 한 미니부터 주먹만 한 것까지 스케일이 여러 가지다. 강낭콩맨, 누에콩맨, 커피콩맨, 완두콩맨, 작두콩맨, 엔젤콩맨, 콩나물맨, 콩자반맨, 메주맨…… 달림은 콩대가리족들을 찔끔찔끔 모으고 있다. 열 개도 채 못 모은 상태지만, 올해 안에 스무 개를 꼭 채울 생각이다. 피규어 수집은 지독하게 중독성이 있다. 가지면 가질수록 더 갖고 싶어지는……. 이 취미 생활은 정말 돈 생각을 멈출 수 없게 만든다.

달림은 다른 방법을 생각해냈다. 피규어를 직접 만들기 시작했다. 책을 사보고 동영상을 보면서 독학으로 하나씩 만들어보니 그럭저럭 재미있었다. 콩나물맨과 메주맨을 어설프게 만들어보고,

작은 공룡, 곰, 캐릭터 인형 몇 개 정도 만들어봤다. 직접 만들어놓고 보니 듬뿍 사랑스러웠다. 하지만 달의 전사 주인공 워커. 요게 문제다. 워커를 엄청 사랑하므로 문제다. 워커를 제대로 만들 정도의 실력이 된다면 까짓 뭐가 문제랴. 얼마나 내공을 쌓아야 할까? 천년만년 걸릴 것 같다. 아마도 꼬부랑 할머니가 될 때쯤에는 가능할지도 모르겠다. 하지만 그때는 손이 덜덜 떨리겠지? 그 세밀한 머리카락이며, 디테일한 표정과 눈빛……, 어찌 표현한단 말인가. 하루라도 빨리 손에 넣고 싶은 워커는 일단, 사기로 했다. 사야만 한다. 그러므로 돈을 모아야만 한다. 푼푼히 악착같이.

달림은 종이돈 두 장 때문에 뿌듯해진 영혼과 돈벌이에 지친 몸뚱이를 이끌고 덜렁덜렁 식당을 나왔다. 그리고 방으로 돌아오는 도중 번쩍, 번개 맞은 벼룩처럼 튀어올랐다. 몇 시간 전에 방에 들여보낸 낯선 꼬마가 생각났기 때문이다.

"허억! 꼬마!"

허둥지둥 방문을 열었다. 방 안에는 아무도 없었다. 아이는 돌아가버린 것 같았다. 달림의 목소리를 들은 엄마가 곧바로 등 뒤에 나타났다.

"엄마 잃어버렸다는 애 데리고 왔다면서? 거짓말한 거야?"

"정말이야."

엄마는 딸에게 또 속았다는 바보엄마 같은 얼굴로 입술을 콱 깨물고 돌아섰다. 달림은 엄마 뒤통수에 대고 소리를 높였다.

"정말이라니까?"

불쑥, 의심이 솟구쳤다. 달림은 꼬마의 흔적을 찾아 좁은 방 안을 급하게 훑어보았다.

"앗! 내 피규어!"

피규어를 진열해두는 사과 박스가 텅 비어 있었다. 꼬마가 피규어들을 몽땅 쓸어간 게 분명했다. 아이고 내가 미쳤지. 살살 눈웃음을 치더니……. 앙큼한 도둑놈이었어?

허겁지겁 방 안을 수색하자 침대 위 이불 속에서 피규어들이 나타났다. 후유! 놀라 자빠지는 줄 알았네. 달림은 가슴을 쓸어내렸다.

달림은 집 바깥으로 나가 주변을 둘러봤다. 가로등이 드문드문 켜져 있는 거리에는 인적이 끊어졌다. 동네 안쪽은 네모나게 켜진 창 몇 개가 드문드문 떠 있을 뿐 검고 적막했다. 어디에도 아이는 보이지 않았다. 밤바다만 솨아아솨아아, 보이지 않는 자신의 존재를 알리고 있었다.

죄 없는 꼬마를 의심했던 게 조금 미안했다. 그리고 걱정스런 마음이 몰려왔다. 그 꼬마, 집도 모르는 것 같고, 엄마도 잃어버린 것 같던데, 어디로 간 거지?

삼거리에서 바다 쪽으로 이어진 길에 그림자 하나가 서성거리는 게 보였다. 그 꼬마는 아니고 치마를 입은 여자처럼 보였다. 그 그림자는 이리저리 기웃거리는 것처럼 보였다. 그런데 실루엣이 왠지 눈에 익어 보였다. 언니? 에이. 아니겠지? 언니가 왜 이 밤에 저기 서 있겠어? 언니는 언제나 큰길 쪽에서 학원차를 내려 곧바로 집으로 들어온다. 바닷가 쪽으로는 갈 이유가 없다. 알쏭달쏭하다가 달림은 급작스레 피곤을 느끼고 오지랖을 거둬버렸다. 에라! 모르겠다.

방으로 들어와 침대 위의 피규어들을 보니 마음이 노골노골 풀어졌다. 방에 머물다 간 꼬마는 인형 마리 곁에 피규어들을 올망졸망 붙여놓았다. 마치 엄마와 아기가 행복하게 살고 있어요, 소꿉놀이를 한 모양새다. 배꼽 속이 솔솔 따뜻해지는 느낌이다. 마리의 머리에는 꼬마가 썼던 노랑모자가 씌워져 있었다. 아마도 씌워놓고 놀다가 깜빡 하고 간 모양이었다.

마리는 팔뚝만 하고 푹신푹신한 봉제 인형이다. 어릴 적에 언니 해림이 아끼던 아이다. 몇 년 전까지도 언니 품에 안겨 살았다가, 어느 날 훌쩍 커버린 언니의 무관심 속에 달림의 소속이 되었다. 언니가 마리를 끌어안고 잠을 자던 모습과, 인형놀이 하던 모습이 떠올랐다.

달림은 피규어들을 제자리에 들여놓고 마리를 그 곁에 앉혔다. 덩치가 큰 마리가 피규어들을 지켜주는 엄마처럼 의젓해 보였다. 후후, 웃음이 나왔다. 이 방에서 노랑모자를 쓴 꼬마가 인형과 피규어들을 만지작거리면서 소꿉놀이 했을 모습을 상상해보니, 재밌는 구경거리를 놓친 것 같아 아쉬웠다.

달림은 힘들게 벌어온 종이돈을 꺼내 뿌듯한 얼굴로 입을 맞췄다. 비린내가 코로 훅 들어왔다. 얼른 향기 스프레이를 돈 위에 뿌려 의자 등받이에 정성껏 널었다.

책상 아래쪽에서 상자를 꺼냈다. 상자 속에는 달림이 만들고 있는 인형 재료들이 들어 있다. 달림은 스케치북에 만들고 싶은 인형을 몇 개째나 그리고 있다. 아직 만족한 캐릭터가 안 나와서 그리고 또 그리고, 고민 중이다. 이번 인형은 팔과 다리와 목 연결 부위에 관절을 넣어줄까 생각 중이다. 머리와 팔과 다리를 움직일 수 있게. 그러면 인형이 한결 자연스러워진다.

피규어나 인형을 만들기 시작하면서 달림에게 뭔가 조금씩 꿈틀거리기 시작했다. 꿈꾸고 시작하고 희망하는 거. 그건 바로, 인형을 만드는 작가가 되고 싶은 것이다.

달림은 피규어들에게 중얼거렸다.

"얘들아. 조금만 기다려. 곧 새 친구 만들어줄게."

인형 몸통부터 만들기 시작했다. 미리 깎아둔 스티로폼에 점토를 입히고 단단하게 꾹꾹 눌러가면서 주문을 외웠다. 하쿠나마타타폴레폴레…….

언니 해림이 집으로 들어오는 소리가 들렸다. 곧이어 깜빡 잠이 들었다가 깼을 엄마가 첫째 딸을 맞아주는 소리가 들렸다.

"어머나! 우리 딸 왔어?"

둘째딸 달림을 대하는 목소리하고는 차원이 다르다. 입에 참기름이라도 바른 것처럼 미끌미끌하다. 언제나처럼 언니는 별 대꾸가 없다.

달림은 조금 전 바닷가에서 본 그림자가 언니인지, 혹시나 싶어 물어볼 생각이었다. 하지만 간식과 음료수를 챙겨 언니 방으로 들어가는 엄마 등짝을 보고는 제 방으로 돌아왔다. 조곤조곤 무언가를 물어보는 엄마 목소리와 짜증스럽다는 듯 틱틱, 쏘아붙이는 언니 목소리가 들리고, 조금 뒤 엄마가 방을 나오는 소리가 들렸다.

언니는 학교 야자가 끝나면 과외를 하러 갔다가 열두 시가 다 되어 집으로 돌아온다. 언니는 고 2. 성적은 언제나 톱이다. 딱 한 번 성적이 갑자기 추락한 적이 있었다. 일 년 반 전쯤이었다. 그때 엄마의 하늘이 무너졌었다.

언니가 성적이 떨어졌던 이유는 사랑 때문이었다. 한 남자와의 열렬한 연애. 언니는 멋을 부리고 화장을 하고, 온 정신이 다른 데가 있었다. 엄마 몰래 학원을 빼먹고 영화를 보러 갔고, 바닷가를 쏘다니면서 조개를 한 주먹 주워 오기도 했다. 쉬는 날에는 자전거를 타고 다른 도시까지 하이킹을 했다. 시를 외우고 노래를 부르고 동생은 이해할 수도 없는 말을 늘어놓았다. 달림이 아리송한 얼굴을 하면 언니는 동생을 완전 어린애 취급 했었다.

"더 커봐야 알아. 이 꼬맹아."

언니는 반달 같은 눈을 하고 자주 웃었다. 달림은 언니가 환하게 웃는 건 좋았지만, 어딘가 딴 세상을 헤매는 것 같은 눈빛이 낯설었다. 언니를 제자리로 돌려놓고 싶었다.

"너 가슴 막 뛰어봤어?"

"몰라."

"나는 요새 가슴이 막 뛰어."

"왜?"

"행복해서."

달림은 언니의 가슴에 귀를 갖다 대보았다. 쿵쿵쿵…… 심장 뛰는 소리가 들렸다. 언니의 가슴을 그렇게 뛰게 한 마법사는 바로 남자 친구였다. 그 마법사는 언니를 이상한 나라로 데리고 갔다. 방에 콕 박혀서 남자 친구와 긴 전화 통화를 할 때면 언니는 다른 세상 사람이 되어 있었다. 엄마와 동생에게 무심해지고 무언가에 홀린 듯한 언니는 예전의 언니가 아니었다. 달림은 그때, 솔직히 언니가 밉고도 조금 부럽기도 했었다.

엄마는 언니의 연애 사건에 충격을 먹었다. 언니를 가둬놓고 큰 소리로 야단을 쳤다. 그래도 언니는 꿋꿋하게 사랑을 했었다. 엄마와 다투고 대들고 집에 안 들어오기도 했고, 엄마는 몇 날 며칠 동안 언니를 달래고 매도 들고 안절부절못하다가 미친 사람처럼 발작을 했다. 언니는 무척 힘들고 지친 모습으로 엄마에게 저항했다. 그리고 어느 날 엄마와 언니의 싸움이 끝났다. 언니가 집을 나갔고 무단결석을 했고 엄마는 날마다 언니를 찾으러 다녔다. 그리고 열

흘이 넘어서야 숨어 있던 언니를 찾아왔다. 언니는 한마디로 사람이 아닌 것처럼 살았다. 영혼이 날아간 것처럼 아무 말도 하지 않고 아무것에도 집중하지 않고 지냈다. 인형 마리처럼 가만히 조용히.

엄마는 죄수를 지키는 간수처럼 언니 옆을 지켰다. 언니의 모든 스케줄에 동행했다. 학교도 학원도 그리고 병원도. 참, 언니는 병원을 한참 다녔다. 마음이 아파서인지 몸도 시름시름했다. 결국 입원까지 했다. 퇴원을 하고 집에 돌아와서도 방 안에 콕 박혀서 자주 울었다. 그러고 나서 언니와 엄마는 더 이상 싸우지 않았다. 언니의 연애가 끝났던 것이다. 자연스럽게 언니가 제자리로 돌아온 것인지, 엄마의 강요로 연애를 끝낸 것인지 달림은 알 수가 없었다. 다만 언니는 이미 예전의 언니가 아닌 것만은 분명했다.

엄마의 감시는 끝난 게 아니었다. 오히려 더 불안한 눈빛으로 언니를 감시했다. 성적이 떨어진 것을 보충해야 한다며 특단의 조치를 내렸다. 고액 과외. 공부를 잘하는 애들일수록 고액 과외는 필수라는 미용실 아줌마 말을 들을 때부터 많이 불안해했던 엄마였다. 달림이 과외비가 얼마냐고 궁금해했더니, 엄마는 가르쳐주지 않았다.

요즘의 언니는 늦은 밤 과외가 끝나면 집까지 데려다주는 차를 타고 돌아와 인형 마리처럼 흐물거리면서 방으로 들어가버린다. 다정했고 예쁘게 웃었고 말도 많았던, 그런 언니를 다시 볼 수 없었다. 때로는 수분이 다 빠져버린 마른 화초 같은 모습으로, 때로는 책상 앞에서 입술을 앙다문 채 책과 싸우는 전사 같은 모습으로만 남았다.

달림의 방 옆 얇은 판자 하나 너머에 있는 방에서 언니가 살아있음을 나타내는 작은 소리들이 들려왔다.

언니가 보고 싶다. 바로 옆에 있지만 갈 수가 없어. 너무 멀리 있는 것처럼 느껴져.

달림은 언니에게 소리치고 싶었다. 나는 그대로인데, 언니는 왜 그렇게 변한 거야?

그러다가도 문득, 의심이 갔다. 지금 바로 저 옆방에 있는 사람은 언니가 맞을까? 언니가 아닐지도 몰라. 어떤 괴물이 언니를 잡아먹고 언니인 척 와서 앉아 있는 건지도 몰라. 엄마와 나를 감쪽같이 속이고. 그럼 진짜 언니는 어디에 있을까?

달림은 오두마니 앉아 있던 마리를 붙잡고 소곤거렸다.

"마리. 지금 저 방에 있는 사람 말이야. 언니 아니지? 너는 알잖아."

마리가 대답했다. 언니인 것 같기도 하고 아닌 것 같기도 해.

"무슨 대답이 그래?"

나도 잘 모르겠어. 언니인지 아닌지 나도 궁금하다고.

식당 홀, 잠자리에 누운 엄마가 켜놓은 텔레비전 소리가 작게 들려왔다. 언니 방에서는 샤라락, 책장 넘기는 소리, 집중력을 도와

준다는 클래식 음악 소리, 그리고 알 수 없는 언니만의 버릇, 톡톡톡 톡톡, 손가락으로 책상 두드리는 소리가 들렸다. 피뜩, 노랑모자를 쓴 꼬마가 떠올랐다. 집게손가락을 내밀고 달림을 빤히 바라봤던 맑은 눈동자. 조그맣게 오무린 입술 사이로 새어나왔던 그 소리. 톡톡톡.

꼬마는 집으로 잘 들어갔겠지? 왜 귀신 놀이터에서 엄마를 기다리고 있었을까? 아리송한 생각들을 비집고 꾸무룩 잠이 몰려왔다. 잠결인지 꿈결인지, 누군가 우는 소리가 들렸다. 언니 방 쪽 같다. 달림은 제 곁에 누워 있는 인형 마리를 토닥거리며 중얼거렸다. 괜찮아. 울지 마.

톡톡톡, 소리 내는 꼬마가 돌아다닌다

톡톡톡!

다음 날. 집 앞에서 삐딱이를 세우고 있는 달림의 엉덩이를 누군가 손가락으로 두드렸다. 깜짝 놀라 돌아보니 문 옆 담벼락에 노랑모자, 그 아이가 서 있었다. 한쪽 다리를 꼬고 벽에 비스듬히 기대서 있는 폼이 불량기가 솔솔 풍겼다. 침이라도 뱉을 기세였다. 왠지 모르게 반가워 달림의 목소리가 들떴다.

"어? 꼬맹이 너. 말도 없이 그렇게 가버린 거야?"

"바빠서 그랬어."

좀, 웃겼다. 억지로 남의 뒤꽁무니를 따라와서는 바빴다니.

"노랑모자 또 썼네? 어제 두고 갔던데."

달림은 아이의 모자 꼭대기를 꾹꾹 눌러줬다. 아이가 목을 잠깐 움츠리더니, 대뜸 집게손가락을 내밀었다. 어제 했던 짓이다. 그다음에 아이가 무언가를 기다리는 듯이 빤히 달림을 올려다봤다. 달림은 갸우뚱하며 얼떨결에 제 집게손가락을 갖다댔다. 그러자 아이는 달림이 내민 손가락을 부딪치며, 주둥이를 동그랗게 움직였다.

"톡톡톡!"

맑은 구슬이 튀는 듯한 소리였다. 달림도 따라서 "톡톡톡?" 했다. 아이와 닿은 손가락 끝을 타고 무언가 전해졌다. 따뜻한, 그러나 시릿한 느낌.

아이가 만족한 듯 얼굴을 활짝 폈다.

"이게 뭐하는 거야?"

"톡톡톡, 하는 거잖아?"

"인사하는 거야?"

아이가 까딱까딱했다.

"아! 그런 거였구나. 재밌네?"

"그런데 말이야……, 나 기다렸어?"

생뚱맞은 아이 물음에, 달림은 솔직하게 "아니?"라고 대꾸했다. 그러자 아이는 금세 시무룩해졌다. 그러고는 입술을 삐죽거리며 말했다.

"그렇게 말하면 내가 네 방에 놀러갈 수가 없잖아."

어이가 없었다.

"네가 여기서 나를 기다리고 있었던 거잖아? 꼬마야."

아이는 딴청을 하며 말이 없었다.

"그리고!"

달림은 눈에 힘을 모아 아이를 째려봤다.

"너 몇 살인데 자꾸 반말이야?"

"나, 백 살!"

"떽!"

아이는 잔뜩 주눅이 들어 땅바닥만 꿈벅꿈벅 바라보았다. 그 모습을 보자마자 달림의 마음이 약해졌다.

"누나 방에 갈까? 인형놀이 하고 싶어서 온 거지?"

달림이 누그러진 소리로 묻자, 아이는 말갛게 달림을 올려다보다가 당돌하게 명령했다.

"나를 기다렸다고 말해."

"뭐, 뭐라고?"

"정말 정말 보고 싶었다고 말해. 그래도 들어갈까 말까야."

어이구. 이 꼬마 뭐야? 밀당하는 거야?

달림은 밀당하는 남자 완전 별로다. 하지만 요 쬐끄만 꼬맹이가 밀당이 뭔지나 알고 있겠나 싶어 웃음이 터졌다. 아이가 귀여워서 깨물어주고 싶을 뿐이었다. 귀여운 밀당을 하던 아이가 달림의 손가락 하나를 꼭 쥐었다. 아이의 손은 부드러웠고 무척 차가웠다. 바깥에 한참 동안 서서 기다리고 있었던 모양이다. 배꼽 속이 아릿했다. 달림은 시원하게 아이가 원하는 대로 해주기로 했다.

"그래 좋다. 요 꼬맹아! 너를 기다렸어. 목이 이렇게 늘어나도록."

달림은 목을 빼며 장난스럽게 흔들었다. 아이는 무척 만족해했다.

"헤헤헤. 그런 줄 알았어. 뒤뚱뒤뚱 씨."

"내가 뒤뚱뒤뚱 씨라고?"

"음. 엉덩이가 뒤뚱뒤뚱하잖아."

"뭐라고?"

얄미워 한 대 쥐어박고 싶지만, 손가락에 감겨 있는 푸딩 같은 꼬맹이의 감촉이 자꾸만 마음을 흐물흐물하게 만들었다.

"그나저나 너 자꾸만 반말 찍찍 할래?"

꼬마는 들은 척도 안 하고 제 말만 중얼거렸다.

"내가 바빠서 자주 올 수는 없어. 하지만 네가 보고 싶을 때 놀러 오도록 노력해볼게."

얼라? 이 꼬마. 능청스럽고 용감하기까지 하네.

아이를 들여보내고 나서 잠깐 뒤, 방으로 들어가니, 노랑모자가 침대 밑에서 기어 나오고 있었다. 달림은 아이 몸에 덕지덕지 붙어 있는 먼지를 뜯어내면서 말했다.

"거기 들어가면 안 돼."

"나도 다시는 들어가고 싶지 않아."

아이가 갑자기 킁킁거리며 고개를 요리조리 돌렸다.

"냄새가 나."

"뭐? 무슨 냄새?"

"뭉게뭉게 냄새. 엄마 냄새가 나잖아……. 엄마?"

그러고는 달림 가슴 쪽에 코를 킁킁 들이대며 손가락으로 달림의 배를 두드렸다.

"톡톡톡?"

"그만해라!"

아이를 화들짝 밀쳐냈다. 엉덩방아를 찧은 아이는 실망한 얼굴을 하더니 금세 뾰로통해졌다. 달림은 미안스러워 부드럽게 물었다.

"너 이름이 뭐야?"

"몰라."

아이는 귀찮은 얼굴을 하고는 침대에 발랑 누워 한쪽 다리를 꼬았다. 그러고는 똘망똘망 눈알을 굴려 방 안을 이리저리 살폈다. 마냥 귀여워 실실 웃음이 나왔다. 아이가 무심한 얼굴로 물었다.

"여기가 네 방이야?"

"응."

"아무리 봐도 이 방은 허겁지겁해. 더러워. 침대 밑에 먼지가 얼마나 두꺼운지 카펫인 줄 알았어."

달림은 확 비위가 상했다.

"그 정도는 아냐. 한 달 전에 청소했거든."

"그런데 이 방에 너 혼자 살아?"

"응. 나 혼자 살아."

"엄청 없어 보이네."

요 꼬맹이, 엄청 재수 똥이다.

"콩쥐 방이라서 그래."

"콩쥐?"

"팥쥐만 예뻐하는 팥쥐 엄마에게 구박받으면서 사는 콩쥐 말이야. 콩쥐 방은 당연히 없어 보이는 거야. 지저분하고."

아이가 고개를 끄덕거리면서 방을 한 번 더 둘러봤다.

"아하! 콩쥐 방이라서 그렇구나."

콩쥐 달림도 제 방을 둘러봤다. 백 년도 더 돼 보이는 침대, 물론 백 년 전 침대는 아니겠지만 그래 보이고. 책을 꽂아놓기가 미안한 찬장같이 생긴 책장. 달림이 가장 기피하는 핑크색으로 떡칠을 해놓은 책상. 옷을 걸 때마다 휘청휘청 흔들어대는 행거. 사과 박스였음을 숨길 수 없는 삼단 진열장, 피규어들의 집.

"그러게. 완전 궁상스럽네."

울컥 설움이 밀려들었다. 그래도 진열장에 폼 나게 들어서 있는 피규어들을 보니, 그나마 좀 있어 보이는 것 같다.

유정식당 주방 뒤편에 붙은 집에는 방이 두 개뿐이다. 큰방은 언니, 해림이 썼고 작은방에서는 달림과 엄마가 살았다. 중학교 1학년이 끝날 때쯤인가, 달림은 세상 사리분별을 곧잘 따지기 시작했고, 자신의 집에 일어나는 불공평한 점을 정확히 깨닫게 되었다.

"엄마랑 나는 둘이고 언니는 혼자인데, 왜 우리가 작은방 쓰고 언니가 큰방을 써야 해?"

엄마는 아무렇지도 않게 대답했다.

"해림이는 공부해야 하니까 방이 작으면 안 돼."

"왜? 작으면 안 돼?"

"책상이랑 책장이 있어야 하잖아. 침대도 있어야 하고, 이 방에 다 못 들여놔."

달림은 바락했다.

"우리, 언니랑 방 바꾸자. 나도 언니처럼 책상도 갖고 침대도 갖고 싶어."

"으이구! 공부도 안 하는 게 책상은 뭐에 쓰게?"

"나도 가끔 공부해. 숙제도 하고……. 책상도 없고 침대도 없는 애는 나밖에 없어."

"알았어. 엄마도 네 책상이랑 침대 사줄까 했어."

웬일인지 엄마는 쉽게 받아주었다.

"정말?"

"그래. 까짓 거 뭐. 쫌 기다려. 고등학교 가면 사줄게."

"뭐라고라? 언니는 중학생 때 다 사주고. 치사하게 사람 차별하기야? 공부고 뭐고 다 필요 없고, 그냥 식당 일이나 하라는 거지?

난 콩쥐니까."

엄마는 차갑게 마무리했다.

"진짜, 콩쥐 한번 해볼래? 밑 깨진 항아리에 물 길어놓으라 하기 전에 억지 그만 부리고, 설거지나 해!"

그때 달림은 고민이 깊었었다. 언니와 자신을 차별하는 엄마 때문에. 친구 미루에게 이 고민을 털어놓았다.

"우리 엄마, 친엄마가 아닌 것 같아."

"왜?"

"나는 콩쥐고, 언니는 팥쥐야. 언니한테는 뭐든 다 해주고, 벌벌 떨면서, 나는 완전 구박댕이라니까?"

"엄마가 일 부려먹는다고 그런 소리 하는 거야?"

미루는 코웃음을 쳤다.

"농담 아냐. 엄마가 언니 반만큼만 나한테 해줘도 이런 생각 안 날 거야. 아무래도 난 친딸이 아닌 게 분명해."

미루는 혼자 골똘하더니 불쑥 엉뚱한 소리를 했다.

"가만히 생각해보니 우리 엄마야말로 친엄마가 아닌 거 같아. 우리 엄마가 나를 그렇게 괴롭히는 이유가 바로 그거야. 백설공주 같은 내 미모를 질투하는 마녀."

달림은 헛웃음이 나왔다.

"친구야. 너랑 네 엄마는 서로 질투할 정도의 미모는 아닌 거 같은데.”

미루는 한술 더 떴다.

“내 생각에는 콩쥐보다는 백설공주가 훨씬 더 불쌍한 거 같아.”

“또 뭔 소리야?”

“콩쥐는 그냥 구박만 당하지만, 백설공주는 마녀가 아예 죽이려고 하잖아.”

“그래도 너는 차별은 안 당하잖아? 차별당하면서 구박까지 받는 심정을 너는 몰라. 슬픈 데다 기분까지 엄청 더럽다구.”

“그래도 백설공주는 예쁘니까 더 불쌍한 거 아닐까?”

“그래. 내가 졌다. 너 완전 불쌍한 백설공주 해라.”

미루는 장난스럽게 받아들였지만, 달림은 심각했다. 엄마가 언니에게 쏟아 붓는 사랑을 보노라면 허전하고 배꼽 안쪽이 시렸다. 언니만 위하는 엄마의 사랑을 구걸하는, 엄마 애정결핍증이 있는 자신 때문에 자존심이 상했다.

“차라리 태어나지 말았으면 어땠을까?”

미루가 멍한 얼굴로 대답했다.

“태어나지 않았으면? 글쎄…….”

책상과 침대를 사달라고 절규했던 며칠 뒤였다. 학교 갔다 와보니 어디서 가져왔는지, 방 안에 낡은 침대와 책상이 들어와 있었다. 조금도 반갑지 않았다. 달림이 상상했던 침대와 책상과는 거리가 멀어도 너무 멀어 보이는 몰골이었다. 진짜 콩쥐가 썼음직한 유물을 곧바로 구해온 것 같았다. 엄마가 진정 팥쥐만의 엄마라는 확신이 새삼 들었고 목구멍으로 서러움이 올라와 입술만 꽉꽉 깨물었다.

그때 뒤통수에서 팥쥐 엄마의 쓸쓸한 목소리가 들렸다.

"너 혼자 잘해봐……. 엄마는 이제 식당에서 잘래."

너 혼자 잘해봐? 그 소리는 대단한 힘을 발휘했다. 파도처럼 밀려오던 서러움이 순식간에 잔잔해졌다. 나 혼자 잘해보라고? 가만히 보니, 엄마의 물건들이 방에서 싹 치워지고 없었다. 엄마는 전부터 식당에서 자는 날이 종종 있었다. 홀의 반쪽, 온돌방 바닥에 식탁을 한쪽으로 밀어놓고 자리를 펴고 누워 텔레비전을 보다가 잠이 들곤 했었다.

이제 나 혼자 이 방을 쓰게 된 거야? 그런 거야?

달림에게 '내 방'이라는 것이 처음 생긴 날이었다.

침대에 누웠던 노랑모자 아이가 갑자기 벌떡 일어나, 언니 방쪽 벽에 이마를 갖다댔다.

"이쪽에는 뭐가 있어?"

"팥쥐 방."

"팥쥐 방?"

"이 방보다는 깨끗하기는 해. 그치만 사람 냄새는 안 날걸."

곧이어 노랑모자 아이는 인형을 주무르면서 놀기 시작했다. 혼자서 인형의 코를 톡톡톡 두드리기도 하고, 까르르…… 웃음을 터뜨리기도 했다. 맑은 물방울 굴러다니는 듯한 웃음소리였다. 달림은 헤벌쭉 입을 벌리고 있는 아이의 입가에 흐른 침을 닦아줬다. 하는 대로 가만히 있는 아이가 애틋하게 느껴졌다. 마치 자신이 엄마라도 된 양 느껴졌다.

"넌, 정말 인형 같다."

"인형이 뭔데?"

"네가 지금 가지고 노는 거, 이런 게 인형이지."

그리고 달림은 자랑을 늘어놓았다.

"요것들은 피규어야. 예쁘지? 콩대가리족인데, 얘는 완두콩맨, 얘는 콩자반맨, 그리고 메주맨, 요건 내가 만든 곰돌이, 티라노, 그리고 몽실이……. 그리고 이건 아주아주 비싼 호빗이라는 거야."

꼬마가 눈알을 반짝거렸다.

"얘들은 만지지 말고 눈으로 보세요."

말이 끝나기가 무섭게 꼬마는 진열장으로 다가들더니 덥석 콩대가리족 하나를 집어 들었다. 그리고 쪽쪽 입을 맞췄다.

"아, 안 돼. 피규어는 뽀뽀 싫어해."

달림은 피규어가 닳기라도 할까 봐 냉큼 뺏어 제자리에 놓았다. 하지만 꼬마는 진열장 앞에 앉아 꿈짝 않고 피규어들을 하나하나 들여다보았다.

"얘네들 보풀이야?"

"보풀? 보푸라기?"

"나는 보풀인데……, 얘네들도 보풀 같아."

"아! 너, 이름이 보풀이구나?"

"아주 작은 사람을 보풀이라고 하는 거야."

"아주 작은 사람……? 그럼, 네 이름은 뭔데?"

"몰라."

"이름도 모르는 바보가 어디 있어?"

아이는 잠깐 생각하다 입을 열었다.

"알기는 하는데…… 말 안 할래."

"뭐야? 아유, 답답!"

달림이 가슴에 퉁퉁 주먹질하자 아이는 금방 그 모양을 따라 흉내 냈다.

"그럼 그냥 보푸라기라고 부를 거야?"

"보푸라기?"

"응. 넌 보풀이라는 아기니까 보푸라기?"

"좋아!"

꼬마는 인심 쓰듯 까닥거리고, 집게손가락을 펴 피규어 하나하나 가리키며 이렇게 말했다.

"톡톡톡!"

아이는 아예 제 집인 듯 눌러앉아 인형들을 가지고 놀기 시작했다. 마리가 입고 있는 옷을 벗기고 곰퉁이 머리에 그 옷을 씌워놓았다. 마리가 모자를 쓴 것 같은 모양을 보고는 물개박수를 치며 좋아했다.

"보푸라기다. 보푸라기."

"후후후. 보푸라기 씨. 이제 집에 가야지. 집은 어디야?"

아이는 고개도 들지 않은 채 동쪽을 가리키듯 턱짓을 까딱, 했다.

"집에 엄마 계셔?"

물었더니 대뜸, "엄마. 찾아줘" 하고 말했다.

"엄마 아직 안 오셨어?"

"응."

"그럼 집에서 기다려야 엄마 오시면 만나지."

아이는 대답도 않고 침대로 올라가 눕더니 졸린 듯 눈을 끔벅거렸다. 달림도 옆에 누웠다. 아무래도 이 꼬마가 한잠 자고 나면 미아신고센터에 가봐야겠다. 아이를 잃어버린 누군가가 있을 거야.

아이가 졸음 가득한 목소리로 우물거리며 손을 내밀었다.

"귀…… 귀 좀."

"내 귀?"

이런 황당한 주문은 처음이라 달림은 망설이다가 아이의 작은 손 가까이로 귀를 내밀었다. 아이가 천연덕스럽게 달림의 귓불을 잡았다. 말캉말캉 보들보들한 손가락이 달림의 귀에서 꼼지락거렸다. 아이 손은 여전히 차가웠다. 그게 이상하게 애처로웠다. 아이에게 귀를 빌려준 것은 생각보다 나쁘지 않았다. 그리 귀찮지도 않고 오히려 기분이 좋아졌다. 배꼽 주변이 말랑말랑해지더니 간지러운 소용돌이가 움직이는 것 같았다. 아이의 손에 힘이 빠지는 듯할 때, 달림의 눈이 감겼다.

다음 날 아침, 눈을 떴을 때 아이는 곁에 없었다. 방바닥에는 아이가 가지고 놀던 인형들이 여기저기 늘어져 있었고, 곰인형은 여전히 모자를 쓰고 있었다. 보푸라기, 이 꼬마, 어디로 갔을까? 집으로 가서 엄마를 기다리고 있겠지?

2부. 왜 이런 게 궁금하지?

손만 잡고 자도 애가 생기는지?

달림은 학교에 가는 동안 어제 만났던 꼬맹이 생각을 했다. 미루를 만나면 얘기해주고 싶었다. 미루는 귀여운 애들을 좋아하니까. 하지만 미루는 컨디션이 나빴다. 1교시부터 양호실에 갔다 오더니 맥없는 얼굴로 책상에 엎드려 있었다. 점심시간 종이 울리자마자 달림은 미루를 재촉했다.

"빨리 밥 먹으러 가자. 재밌는 얘기 해줄게."

미루는 다 귀찮다는 얼굴로 말했다.

"나 급식 안 갈래."

"왜 그래? 어제 못 잤어?"

"배 아파."

달림이 호들갑스럽게 물었다.

"그날이야? 가만……, 아직 멀었잖아?"

미루의 생리 날까지 기억하는 달림은 미루의 베프가 맞다.

달림이 급식실에 다녀올 동안 내내 책상에 엎드렸던 미루는 푸석푸석한 얼굴을 겨우 들었다. 그리고 가방에서 마법거울을 꺼내 들었다. 들여다보는 순간 미루를 공주병에 빠져들게 하는 거울이다. 미루는 천천히 얼굴에 퍼프를 두드리며 거울을 얼굴에 요리조리 돌려 댔다. 다른 때 같았으면 나 예쁘냐 안 예쁘냐, 몇 번이고 물어봤을 텐데. 어라? 말을 아끼네? 심상치 않아. 달림은 미루가 평소와 다른 게 마음 쓰였다.

"많이 아파? 그냥 아픈 것 같지는 않은데?"

미루가 눈을 내리깔고 겨우 말했다.

"이따 수업 끝나고 얘기할게."

"치사하기는!"

달림은 섭섭했지만 쿨하게 받아들였다. 미루에게는 한없이 너그럽고 싶었다. 달림이 힘들었을 때, 끝까지 옆에서 달림의 고민을 들어주고 지켜줬던 둘도 없는 친구 아니던가. 멍한 구석은 있어도 마음이 따뜻한 친구. 그런데 뭐냐? 이 불길한 기운은.

마지막 수업 시간, 3학년 모두 시청각실에 모였다. 하얀 스크린 위에 영상이 떴다. 아이들은 기대에 부풀어 잠시 조용해졌다. 성교육 애니메이션이다. 비뇨기과 노선생이라는 인물이 주절주절 설명을 늘어놨다. 생식기, 난자와 정자, 배란, 임신……, 줄줄 외울 만큼 지루한 레퍼토리였다. 단 3분도 안 되어 아이들은 수업에 대한 의사를 표현했다. 눈과 귀를 닫아버리고 동시에 입을 열었다.

"완전 유치해. 우리가 초딩이야? 재미없어요."

시끌시끌, 와글와글, 에라디야.

성교육 시간이 수업 시간보다 더 지루할 수 있다는 게 신기했다. 한 아이가 고문당하는 듯 부르짖었다.

"으아아! 차라리, 차라리…… 야동을 틀어줘요."

"와하하! 그거 좋구나."

아이들이 동시에 개떼처럼 짖어대기 시작했다. 달림은 엎드려 있는 미루에게 소곤거렸다.

"너, 해봤냐?"

"뭘?"

"그거 해봤냐고?"

미루는 까칠하게 얼굴을 돌렸다. 달림이 다시 물었다.

"뭘 그렇게 비싸게 굴어? 어때? 좋아?"

"몰라."

"부정하지 않는 걸 보니 했구나?"

미루는 아예 무시했다.

"에헤이! 수줍어하기는……."

달림은 몸을 배배 꼬다가 아스라한 눈빛을 하며 혼잣소리를 허공에다 읊었다.

"사랑한다면 하는 거지. 사랑한다면……."

이때 달림 눈앞으로 지평의 입술이 두둥, 떠올랐다. 달림은 눈을 꼭 감았다. 지평과 키스하는 상상을 하자 찌릿찌릿해졌다. 이때, 보건 선생님이 사나운 소리를 질렀다.

"야, 니들! 정말 이럴래?"

아이들 반응이 전혀 없자, 보건 선생님은 영상을 끄고 신경질적으로 물었다.

"질문 없지?"

남자애가 손을 번쩍 들었다.

"질문 있어요. 피임은 어떻게 해요?"

뒤편에 서 있던 체육 선생님이 피임이 궁금한 애 뒤통수를 후려쳤다.

"이놈아. 그런 거 알아서 뭐에다 쓰게."

피임이 궁금해서 뒤통수를 맞은 애가 뒷머리를 잡고 불뚝거렸다.

"왜요오? 언젠가 쓸 데가 있겠죠."

보건 선생님은 귀찮은 낯으로 입을 열었다.

"지난번에 피임법에 대해서 얘기해준 적 있었지? 왜? 기억 안 나? 생리주기법, 콘돔, 경구피임……."

이때 달림이 보건 선생님 말을 삭둑 자르고 물었다.

"손만 잡고 자도 애가 생기나요?"

"푸하하하……."

책상 두드리는 소리 발 구르는 소리가 터져 시청각실 뚜껑을 날려보낼 것만 같았다. 달림을 당장 잡아먹어버리겠다는 듯 노려보던 보건 선생님이, 입씨름도 귀찮다는 듯 고개를 홱 돌려버렸다. 옆에서 미루가 대책 없다는 눈빛으로 달림을 건너다보고 있었다. 달림은 미루에게 느물느물 물었다.

"내가 창피하냐?"

"그걸 개그라고 했냐?"

"재미없었냐?"

피식, 미루는 대답 없이 고개를 돌렸다. 달림은 한 건 올린 자신이 뿌듯했다. 선생님 골려주는 재미란 참 중독성이 있단 말이야.

학교를 마치고 미루와 달림은 나란히 교문을 나왔다. 자전거를 타지 않는 미루와 걷느라 달림은 삐딱이를 옆에 끼고 천천히 걸었다. 미루는 여전히 입이 굳어 있다.

"친구야. 심각한 척 그만하고 후딱 말해라. 궁금해서 너를 고문하고 싶어진다."

미루는 입술을 질겅질겅 깨물며 쉽게 말을 꺼내지 않았다.

"내가 맞춰볼까? 종하 선배랑 싸웠지?"

미루는 중3 되면서 한 학년 위 종하 선배를 만나 열렬한 연애를 시작했다. 덕분에 미루의 1순위였던 달림은 2순위로 밀려나 버렸다.

"뭐가 잘 안 되는 거야?"

미루 얼굴이 젖은 걸레처럼 구겨졌다.

"뭐야? 결국?"

달림은 지레짐작으로 화부터 치밀었다.

"쫑하 놈이 찢어지자고 해? 죽자 살자 쫓아다닐 때는 언제고?"

달림이 거품을 물자 미루가 기운 뺀 목소리로 중얼거렸다.

"그건 아냐."

달림이 푸시시 바람을 뺐다.

"그것도 아닌데, 도대체 뭐가 그리 심각한 거야?"

"내 얘기 들으면 너 놀라 자빠질 거야."

"개미똥 같은 소리. 내가 얼마나 대범한 여인인데……, 걱정 말고 말해. 내 심장 엄청 튼튼한 거 알잖아."

달림은 호기롭게 제 가슴을 두드렸다.

"무딘 것이겠지."

"푸하하하. 이 언니가 고민 상담 전문이잖아. 들어줄 때 빨리 말해라. 미루."

뜸을 들이던 미루의 큰 눈에 갑자기 눈물이 비쳤다. 달림은 당황스러웠다.

"뭐냐? 누가 죽었어? 혹시…… 마녀?"

마녀라 함은 미루의 엄마를 가리킨 말이다. 미루가 울먹울먹했다. 달림은 금방 뱉었던 자신의 말이 지나쳤다는 생각에 그 말을 도로 주워 입에 넣고 싶었다. 아무리 못된 마녀 엄마라도 미루에게는 엄마인데.

"미안 미안. 지금 한 말 취소!"

달림은 자신의 주둥이를 꽉 잡아 비틀었다.

"우리 엄마 안 죽었고, 내가 죽을 거 같아."

"그러게. 너 곧 죽을 거 같기는 하다. 도대체 왜?"

미루가 울음 섞인 소리로 중얼거렸다.

"임신했나 봐."

"헉!"

달림은 제 귀를 의심했다.

"뭐라고? 다시 말해봐."

"임신한 것 같다고."

"누가?"

"나, 미루가……."

달림은 얼음처럼 그 자리에 우뚝 섰다. 미루의 눈에 매달렸던 눈물방울이 또르르 굴렀다.

"해, 해봤어?"

달림이 더듬거리자, 미루가 신경질적으로 버럭거렸다.

"당연하지. 멍청아. 했으니까 임신이라는 거지."

달림은 침을 꿀꺽 삼키고 다시 급하게 물었다.

"아니 그, 그 뭐라더라? 임신 확인하는 거, 그거 해봤냐고?"

"테스트?"

미루는 풀썩 목을 꺾었다.

"해봤어."

달림의 머릿속이 딱 굳어버리는 것 같았다. 머리통을 쉐이크통 흔들듯이 빠르게 흔들었다. 조금 정신이 돌아오는 것 같았다.

"야야. 그 테스트라는 거 확실해? 잘못 나왔을지도 모르잖아? 불량품일 수도 있고……."

미루가 다 죽어가는 소리로 대답했다.

"혹시나 해서 두 번이나 해봤어. 생리 날짜 한참 지나도 소식이 없길래……. 으흐흑, 나 어떻게 해."

미루가 울음보를 터뜨렸다. 달림의 배꼽 안쪽이 배배 꼬이는 듯 통증이 왔다. 달림은 길가 계단에 미루를 앉히고 그 옆에 멍하니 앉았다. 훌쩍거리던 미루가 젖은 얼굴을 들었다. 그러고는 마법거울을 꺼내 코앞에 들이대고 얼룩진 얼굴에 퍼프질을 했다.

"에휴! 화장이 하고 싶냐?"

한숨이 열두 번쯤 나왔을까? 달림은 불쑥 궁금해졌다.

"그럼 미루 너, 엄마 되는 거……야?"

미루가 퍼프질을 뚝 멈췄다. 하얗게 분칠된 얼굴이 사납게 찌그러졌다.

"너, 지금 그걸 말이라고 해?"

"맞잖아? 뱃속에."

달림은 미루의 배로 눈길을 꽂았다.

"그 아기…… 엄마. 아직 나오지는 않았지만 그 속에 분명히 있다면."

"그런가……? 으앙!"

미루가 통곡을 했다.

"나 어떡해. 친구야."

그러게 미루 어떡하지……. 생각뿐 머릿속이 텅 비어버린 느낌이었다. A주머니에는 흰 공 4개, 붉은 공 2개가 들어 있고, B주머니에는 흰 공 2개 붉은 공 3개가 들어 있다. A주머니와 B주머니에서 공을 한 개씩 꺼낼 때, 하나는 흰 공이고 다른 하나는 붉은 공일 확률은? …… 알게 뭐야. 뭐, 이런 난이도가 높은 문제지를 받았을 때처럼 기분이 나빠졌다. 머릿속에 안개가 꾸역꾸역 생겨나는 것만 같았다. 뿌옇게 뿌우옇게…… 달림은 머리를 흔들었다. 쉐이키 쉐이키…… 정신 차려야 해. 그러고 나자 보람차게도 번뜩, 한 가지 생각이 났다.

"쫑하 선배! ……는 알아?"

미루가 빠르게 고개를 흔들었다.

"안 돼. 말하지 마. 오빠 놀라면 어떻게 해."

"무슨 소리? 으이구! 멍청이."

달림은 멍청한 미루의 머리통을 쥐어박으려고 주먹을 쥐었다 멈칫했다. 평소 같았으면 열 번도 더 쥐어박았을 테지만 주먹이 올라가지 않았다. 어쨌든 미루 몸에 함부로 손을 대면 안 될 것 같은 생각이 들었다. 달림은 불편한 제 배꼽에다 대신 주먹질을 해댔다.

"다른 사람은 몰라도 쫑하 선배는 알아야지. 암."

미루가 또 고개를 저었다.

"말하기 싫어. 오빠가 나 미워하면 어떡해."

"미워하긴 어떻게 미워하겠어? 이렇게 예쁘게 생긴 미루를. 일단 말은 해야지."

달림이 팔장을 꽉 잡고 끌자 미루는 마지못해 끌려왔다. 함께 아이를 만들어낸 미루의 남자가 알게 된다면, 무언가 뾰족한 대책을 내놓을 것 같은 기대가 있었다. 달림은 비장하게 미루를 삐딱이 뒤에 태웠다. 그리고 다른 때보다 훨씬 조심스럽게 속도를 줄여 천천히 달렸다.

종하가 죽치는 피시방에 다가오자 미루는 다리에 모래주머니라도 찬 듯 걸음걸이가 무거워졌다.

"꼭 얘기해야 할까?"

"당연한 얘기 자꾸 하지 마라. 쫑하 선배가 아빠인데?"

"뭐?"

달림이 비실비실 웃음을 흘리자 미루가 뾰족하게 반응했다.

"웃을 일이냐?"

"헤헤. 우리 미루하고 쫑하 선배하고 애기하고, 셋이 사는 거 상상해봤어."

미루가 경악스러운 표정을 지었다.

크크! 겁나 웃기겠다. 애 같은 미루가 아기 안고 있는 모양이나 코찔찔이 쫑하 선배가 기저귀 갈아주는 모양이나……, 아무리 생각해도 그림이 안 그려졌다. 미루가 고개를 세차게 저었다. 생각하기도 싫다는 듯.

"아기는 어떻게 생겼을까? 우리 예쁜 미루 닮으면 아기도 엄청 예쁠 거야. 그치?"

달림이 짓궂은 얼굴을 했다.

"피히!"

미루의 입에서 웃음이 새어나오는데, 달림은 한숨이 나왔다.

"에혀……, 넌 예쁘다는 말만 들으면 그렇게 좋냐?"

미루는 거울을 얼굴에 들이대고 손가락으로 앞머리를 가지런히 빗고는 입술에 틴트를 정성껏 발랐다. 그 모습을 보는 달림은 울컥, 친구가 안쓰러워졌다.

"힘들면 내가 말해줄까?"

"아니. 내가 말할래."

미루는 비장한 얼굴을 했다가, 돌연 꿈꾸는 듯한 얼굴로 변했다.

"아무래도 그날은 이상했어."

"그날? 무슨 날?

"우리 이백 일 날 말이야. 우리 사랑을 확인하는 날이었어."

"사랑 확인? 그런 걸 꼭 해야 하는 거냐?"

"몰라. 어쨌든 중요한 날에는 뭔가 이벤트가 필요하잖아. 우리의 이벤트는 그거였다구."

"얼씨구나!"

미루는 아직 꿈에서 깨어나지 않은 낯이었다.

"친구야. 너 아까 나한테 그랬잖아? 사랑한다면 하는 거라고."

"응? 아! 그랬지."

"나도 그렇게 생각했어. 오빠도 나도 정말정말 사랑하거든."

"아무렴. 죽도록 사랑하겠지."

"나보다 오빠가 더 나를 사랑해."

"그걸 어떻게 알아? 저울에 달아봤냐? 자로 재봤냐?"

"오빠는 나를 볼 때마다 그걸 하고 싶대."

"그거? 아. 그거?"

"미치게 사랑하기 때문에 미치게 하고 싶대. 나도 가끔은 그래. 오빠만큼 미치게는 아니지만. 오빠와 그걸 하면 정말로 진짜로 우리가 사랑한다는 걸 느껴."

달림은 머리가 지끈거렸다.

"글쎄, 이 언니 생각에는 말이야. 사랑과 섹스의 관계는 그렇게 간단한 게 아닌 거 같은데."

달림은 침을 꼴깍 넘기고 중얼거렸다.

"사랑하기 때문에 그게 하고 싶은 건지, 그게 하고 싶어서 사랑을 하는 건지, 아니면 사랑하지 않아도 하고 싶은 건지, 사랑하는데 안 할 수도 있는 건지……, 아이고 모르겠다. 내가 대체 뭔 소리를 하는 거지? ……아이고! 어렵다. 어려워."

달림은 뱅뱅 도는 제 머리통을 퉁퉁 두드렸다.

카페로 종하가 달려 들어왔다. 미루를 보자마자 반가운 얼굴로 찰싹 껌딱지같이 붙어 앉으며 손깍지를 끼었다. 언제 봐도 오글거리는 장면이다. 달림은 다른 자리로 옮겨 앉아 기다리기로 했다.

미루는 쉽게 말을 꺼내지 못했다. 달림은 근질근질했다. 미루에게 빨리 말하라고 눈치를 줬지만 미루는 무척 불안해 보였다. 힘들면 내가 할까? 달림이 미루를 건너다보며 손짓으로 묻자, 미루는 고개를 저었다.

종하는 얼떨떨 궁금해했다.

"뭔데? 무슨 일 있어?"

미루가 겨우 입을 열었다. 그리고 이야기를 전하는 데는 단 오 초 정도밖에 걸리지 않았다.

"오빠. 나…… 임신한 거 같아."

종하는 잠깐 동안, 삼단 콤보 반응을 보였다. 놀라기 웃기 화내기. 처음엔, 입을 쩍 벌리고 말을 안 하다가, 히히히 우히히히 미친 놈 같은 소리를 냈다가, 나중에는 오만 인상을 썼다.

미루가 울먹거리며 비련의 여주인공처럼 종하를 바라봤다. 달림은 한 번도 본 적 없는 간절한 눈빛을 하고.

"이제 어떻게 해?"

뜸들이던 종하가 괴로운 목소리를 내뱉었다.

"아! 모르겠다."

"모르면 어떻게 해."

미루가 울음을 터뜨리자 종하는 다그쳤다.

"그때 분명히 말했잖아? 괜찮다면서."

저만치서 콧구멍을 벌렁이며 숨을 가다듬던 달림이 푸르르 들이닥쳤다.

"선배. 뭐냐? 지금?"

종하가 목소리를 깔았다.

"넌 빠져라."

달림이 달려들어 종하 멱살을 쥐었다. 종하의 얼굴에 불그락 피가 몰렸다.

"슈발. 너 지금 선배한테 맞짱이냐?"

달림은 폭발할 것 같았다.

"넌 선배도 아니다. 선배가 선배 같아야 선배 대접을 하지."

미루의 눈물범벅 얼굴이 서서히 굳어졌다. 종하는 계속 중얼거렸다.

"미루! 나만 혼자 좋아 죽은 게 아니잖아? 우리 같이 뿅갔다구. 안 그래?"

종하에게서 떨어져 나온 미루의 슬픈 눈빛이 허공을 마구 헤매다가 달림에게로 옮겨졌다. 무슨 말이라도 해달라는 눈빛이었다. 달림은 난감했지만 그래도 무슨 말이든 하고 봐야 했다.

"그래. 미루도 괜찮았고. 뿅갔고……, 좋아. 그렇게 끝이었으면 좋았겠지만 덜컹 애가 만들어진 거야. 그런데 이렇게 대놓고 남의 일처럼 굴어도 되는 거야?"

종하는 흥분해서 우왁거렸다.

"여자가 알아서 조심했어야 하는 거 아냐?"

"기생충 같은 놈."

달림이 종하 턱에 주먹을 날렸다. 종하도 주먹을 휘둘렀지만 제대로 때리려는 폼은 아니었다.

달림이 또박또박 말했다.

"둘이 같이 좋아 죽으려면 둘이 같이 조심해야 하는 거 아냐? 그리고 둘이 같이 책임지는 게 마땅한 거고."

종하는 씩씩거리다 결심한 듯, "병원에 가자. 연락할게." 차갑게 뱉고는 사라져버렸다. 두 소녀는 멍하게 그 자리에 남았다.

"아우! 얘네들은 내 인생에 뭐냐?"

달림의 입에서 탄식이 새어나왔다. 한참 말 없던 미루가 마른 목소리로 중얼거렸다.

“가만히 생각해보니까…… 처음부터 오빠는 나를 사랑하지 않았던 것 같아.”

“얼씨구나!”

미루의 눈에서 눈물이 흐르고 있었다.

“그러게 섹스는 왜 했냐?”

“오빠가 나를 정말로 사랑하는 줄 알았어.”

“어디서 백만 번도 더 들어본 소리는 됐고.”

미루는 울음보를 터뜨렸다.

“우리는 정말정말 사랑할 줄 알았다고. 죽을 때까지.”

“으이구! 내가 몬 산다.”

달림은 제 배꼽에 주먹질을 했다. 미루는 물에 젖은 인형처럼 한참 움직이지 않았다.

친구의 생일, 특별한 날에는 합체를?

“어이!”

자전거 주차장 앞에서 지평이 얼쩡거리고 있었다.

“어? 생라면!”

달림은 반가워서 손을 한 번 슬쩍 들었다 놨다. 달림은 지평을 생라면이라고 부른다. 늘 생라면을 들고 다니며 먹어대는 지평에게서는 고소한 라면 냄새가 풍겼다.

“동생아. 오빠가 그렇게 반갑냐?”

지평은 느물거리면서 라면봉지 안에서 라면 조각을 꺼내, 와드득 씹었다.

“으이구, 라면 귀신아. 좀…….”

지평이 이히히, 웃으며 이빨을 보였다. 불규칙한 이빨들 사이로

라면 찌꺼기가 찌걱찌걱 붙어 있었다. 라면 수프 냄새가 확 풍겼다. 저 입과 내 입이 키스하는 상상을 했다니……. 속이 갑자기 울렁거렸다.

작년, 지평이 귀신 놀이터 계수나무 아래에서 했던 말이 생각났다.

"계수나무 아래서 사랑을 약속하면 이루어진대."

그 말을 듣는 달림은 괜히 부끄러웠다.

"그래서! 뭐!"

"아니, 그냥 그렇다는."

그때 지평의 눈빛은 달라져 있었다. 예전의 지평이 아닌 걸 분명히 느꼈다.

달림과 지평은 남자도 여자도 아닌 그냥 친구였다. 어릴 적부터 초등학교와 중학교를 같이 다녔고 한동네에서 허물없이 지내온 그냥 친구. 지금 지평의 집은 시내로 이사했지만 동네 곳곳에서 지평과 놀던 기억이 남아 있다. 바닷가에서 헤엄도 치고 모래 장난도 같이 하고, 인형놀이도 하고, 말 타기도 하고, 만화책을 돌려 보고, 함께 뒹굴던 친구. 그런 친구를 잃어버릴까 봐 달림은 무서웠다.

지평은 언제부턴가 입술 주위에 삐죽삐죽 수염이 나고, 목소리가 굵어졌다. 그즈음부터 지평이 남자로 보이기 시작하더니 조금씩 조금씩 그 느낌이 자라났다. 지평을 생각하면 배꼽 안쪽이 간질

간질해졌다. 저도 모르는 새에 지평과 연애하는 상상이 펼쳐졌다.

달림이 삐딱이를 꺼내는 동안, 지평은 실실 웃으며 달림을 감상하듯 바라보고 섰다.

달림의 이상형은 워커다. 애니, 달의 전사 주인공. 귀엽고 상냥하고 친절하고 매너 있는 남자. 악마를 볼 수 있는 저주받은 왼쪽 눈, 고독한 표정. 정말 볼 때마다 배꼽 속이 짜릿짜릿하다. 그래서 하루라도 빨리 워커 피규어를 소장하는 게 소원인 거다. 아무리 봐도 지평은 워커와는 거리가 있는 남자애다. 가끔 친절하지만 매너는 없고, 상냥하지만 귀엽지는 않다. 까마귀 같은 얼굴, 검은 뿔테 안경 속에 흐리멍텅해 보이는 작은 눈은 전혀 고독해 보이지 않았다. 굳이 한 가지 워커하고 닮은 구석이 있다면, 달걀형 얼굴선이라고 할까? 달림은 지평의 얼굴을 흘끔거리며, 배꼽 안쪽에 뭔가 출렁거리는 느낌에 당황스러웠다. 우리는 사랑하는 사이가 될 수 있을까?

느물느물 웃는 지평의 눈이 흔들렸다.

"그렇게 사랑스러운 눈빛을 쏘면 어떻게 하냐?"

달림은 화들짝 정신이 들었다. 귀신 놀이터에서 사랑 점 쳤던 기억이 났다. 혹시 지평이 눈치 챈 건 아니겠지? 괜히 창피한 생각이 들어 일부러 퉁명을 떨었다.

"에휴…… 라면이나 씹어라."

지평은 큼직한 라면 조각을 꺼내 달림의 입에다 쿡 쑤셔 넣었다. 달림은 와드득 라면을 씹으면서 삐딱이를 끼고 걸었다.

“어이! 어디 가.”

지평이 급히 따라붙었다.

“근데 웬일이야?”

“웬일은? 오빠가 동생 보고 싶어서 왔지.”

“누가 오빠고 동생이야?”

“에헤! 석 달이나 먼저 태어났으면 오빠 맞지.”

“으이구! 근데 왜 보고 싶은 거냐고?”

“보고 싶으면 그냥 보고 싶은 거지. 이유가 있어야 하냐?”

달림은 은근히 기분 좋았지만, 아닌 척 차갑게 말했다.

“동생. 피시방 끊었다.”

“너 정말 공부 열심히 하나 보다?”

달림은 양심이 찔렸지만 아니라고 말하기는 싫었다.

“나도 살아남아야 하지 않겠냐?”

지평이 껌딱지처럼 바싹 붙으며 목소리를 깔았다.

“우리 몬난이 배고프지?”

“아니다.”

“에이, 얼굴에 배고프다고 써 있는데? 너 다크 서클 이만큼 내려왔어. 줄넘기해도 되겠구만.”

“크크! 예리하기는.”

달림은 지평의 무릎 아래를 찼다. 지평이 날쌔게 피했다가 불쌍한 얼굴로 말했다.

"오빠 배고프다. 저녁 먹자."

"라면을 그렇게 뽀사드시고 배가 고프셔?"

"라면은 라면이고, 우리 피자 먹으러 갈까?"

"싫다."

"그럼 치킨?"

"싫다니까."

"다이어트 하냐?"

"아니다."

"넌 살 좀 쪄야 해. 볼륨이 너무 없어. 여자 몸매가 좀 나오고 들어가고 그래야지."

"내가 여자냐?"

"헉! 남자였어?"

달림은 피식, 웃었다. 지평이 슬그머니 달림의 손을 잡았다. 달림은 얼른 손을 빼서 주머니에 꽂았다.

교복치마 속에 체육복 바지를 입고 다니고, 머리카락 산발이 되도록 자전거를 달리고, 운동은 누구한테라도 지기 싫어하고, 주먹질로 남자애들 코피도 터뜨려봤고, 멜로보다 액션영화를 좋아하고, 상냥하고 예쁜 척하는 건 죽어도 못하는 달림을 여자로 보는 애들은 별로 없다. 무엇보다 달림은 남자애들을 질리게 하는 마력이 있는 것 같았다. 미루가 이렇게 말했었다.

"너는 어디 한구석에 남자가 숨어 있는 거 같아."

하지만 지평은 달랐다. 선머슴 같은 달림의 성 정체성을 알아봐 주는 유일한 남자다. 지평의 말로는 자신의 여자 취향이 독특해서라고 했다. 달림은 지평의 그런 마음이 좋았다.

달림은 휘릭, 삐딱이에 올라타고 발을 굴렀다.

"어이! 같이 가."

지평도 자전거를 타고 달림을 따라붙으며 뒤꼭지에다 대고 뜬금없는 질문을 날렸다.

"오늘 무슨 날이게?"

"모른다."

"오빠 생일이다."

"뭐? 아!"

달림은 급정거를 하고 삐딱이에서 내려섰다. 지평은 멈추지 않고 달림의 곁을 지나쳐 달아났다. 달림이 다급하게 소리쳤다.

"생라면! 거기 서."

지평은 들은 척도 안 하고 쌩쌩 달아났다. 달림은 삐딱이 속도를 높여 지평을 따라갔다. 이 시점에서 달림은 작년 자기 생일이 떠올랐다.

지평은 달림이 갖고 싶어 했던 피규어를 선물했다. 호빗 시리즈 중 '뜻밖의 만남' 세트였다. 그 선물은 지금 달림이 가장 애지중지하는 애장품이 되었고, 그나마 후줄근한 달림의 방을 빛내주며 가장 비싼 몸 대접을 받고 있지 않은가.

“어떻게 이렇게 깜찍한 생각을 다 했냐?”

달림은 겁나게 비싸 보이는 선물을 두 손에 받쳐 들고, 물밀듯 밀려오는 감동을 숨기지 못했다. 선물은 정성이 최고라지만, 그래도 자꾸 가격이 궁금했다. 결국 인터넷 검색으로 피규어 가격을 알아냈다. 해외 직구 십만 원 안팎. 지평이 눈앞에 있다면 막 뽀뽀라도 해주고 싶었다. 선물의 가격이 마음의 크기는 아니라고 애써 담담하게 생각하려 해도 불쑥불쑥 감동의 물결이 출렁거렸다. 십 만 원이면 지평이 라면을 몇 개 살 수 있을까? 한 이백 개쯤? 눈물이 찔끔 나올 뻔했다. 미루는 달림이 받은 선물을 보고 빙글거렸다.

“싸랑하네!”

“뭐라?”

“생라면이 너를 싸랑한다고. 안 그러면 이렇게 비싼 선물을 줄리가 있나.”

달림은 부정했다.

“우린 엄청 오래된 절친이니깐.”

“엄청 오래된 친구라고 다 돈을 쏟아 붓는 건 아니란다. 이 어린 애야. 고 쌩라면 자슥, 내 생일에는 뭘 선물했는지 기억 안 나냐?”

미루에게는 휴대폰 고리를 선물했었다. 손톱만 한 앙증맞은 곰 모양 고리는 가격도 앙증맞았다.

달림은 지평의 자전거를 질러 막았다. 그리고 대뜸, "깜빡했어. 미안." 소리부터 했다. 진심이었다. 지평은 쑥스러운 듯 뒤통수를 긁으며 자전거에서 내렸다. 달림은 곧바로 지평의 무릎을 슬쩍 찼다.

"좀 말해주지 그랬어. 나 바쁜 거 몰라? 얼마나 정신없는데."

"미리 말하면 재미없을까 봐. 깜짝 이벤트가 재미있잖아."

"뭐야? 네 생일인데 왜 나한테 깜짝 이벤트야?"

지평이 환하게 웃으며 주장했다.

"아무나 깜짝 놀라면 그게 깜짝 이벤트지. 뭐, 꼭 주인공만 깜짝 놀라란 법 있냐? 진부하게."

지평은 멀티 분식 카페 '사망유희'에 예약을 해놓았다고 했다. 누구 생일인지 도대체…….

잔뜩 설레고 있는 지평을 보니 달림의 마음이 무거워졌다. 친구에게 기대하는 것을 먼저 베풀어라, 만고불변 우정의 법칙이 생각났다. 지평도 뭔가 기대는 했을 터였다.

달림과 지평은 나란히 사망유희로 달렸다. 카페로 올라가는 계단에서 지평이 슬그머니 달림의 손을 잡았다. 달림은 가만히 있었다. 우울해서 손을 뺄 기운이 안 났다.

한 달 전까지 지평의 생일을 떠올렸었다. 서프라이즈까지는 아니더라도 살짝이라도 감동시킬 생각이었다. 비싼 선물은 별로 안 땡기고 정성이 가득한 선물이면 좋을 것 같았다.

정성이라면 종이학 천 개지. 아니면 십자수를 정성껏 놓은 열쇠고리라든가. 미루에게 이런 아이디어를 의논해봤다가 된통 구박만 받았다. 남자들이 가장 싫어하는 선물을 조사한 자료에 의하면, 박빙 1, 2위가 종이학과 십자수라고. 미루는 화장품을 선물하라고 했지만, 그건 달림의 취향이 아니어서 내키지 않았다. 그렇게 일차 고민만 했다가, 지금껏 깜빡하고 있었던 것이다.

사망유희 카페에 들어서니 노랑 추리닝을 입은 짝퉁 이소룡이, "아비요!"를 외치며 반겨줬다.

둥그런 테이블이 있는 보드방으로 들어가 피자를 주문했다. 피자가 나오자 지평이 가방 속에 넣어온 맥주를 꺼냈다. 달림은 일부러 맥주를 벌컥벌컥 들이마셨다. 지평에게 미안한 마음을 들키기 싫었다. 짐짓 쿨한 척, 그깟 생일이 뭐가 대수냐, 위장하고 싶었다.

"다른 애들은 언제 와?"

달림이 물었다.

"안 불렀어."

"왜? 생일 파티 아니야?"

지평이 한껏 어른 투로 말했다.

"초딩이냐? 생일에 친구들하고 파티하게? 이제 다 컸으니까 애인하고 하는 게 맞지? 안 그래?"

"크! 애인이라……."

맥주가 목을 타고 술술 넘어갔다. 지평이 달림을 그윽이 바라봤다. 왠지 그 눈빛이 그다지 부담스럽지 않았다. 맥주 탓일까? 비었던 뱃속에 음식이 들어가서일까? 몸의 긴장이 솔솔 풀렸다.

지평은 예전보다 훨씬 어른스러워진 것 같았다. 수염자리가 넓어지고 면도 자국도 보였다. 마치 기억이 한 꺼풀 벗겨진 듯, 처음 마주친 얼굴처럼 신선하게 느껴졌다. 지평은 달림의 눈빛이 쑥스러운지, 턱을 쓰다듬으며 딴청을 했다. 달림은 분위기를 바꾸려고 맥주 캔을 들고 최대한 씩씩하게 외쳤다.

"축하해! 김지평."

그다음 목소리 볼륨이 저절로 작아졌다.

"생일 깜빡해서 미안하고, 선물은 내년에……."

우물우물거리는 달림 입술에 지평이 제 입술을 맞췄다. 지평의 입술은 부드럽고 축축했다.

"이게 내가 받고 싶은 선물이야."

달림은 얼음처럼 굳었다. 귀에는 음악 소리 같은 것이 들리고 있었다. 차르르……, 계수나무 이파리 흔들리는 소리였다. 달림의 배꼽 안쪽 깊은 곳에서 따뜻한 소용돌이가 일렁였다. 그 소용돌이는 점점 커져 얼음이 된 달림의 몸 구석구석을 쓰다듬었다. 짧은 입맞춤 뒤 지평은 달림의 눈치를 보며 딴청을 했다. 달림이 별 반응을 안 보이자 조금 안심하는 듯 맥주를 벌컥벌컥 들이키고는 크게 숨을 내쉬었다. 귀가 빨갛게 달아오른 게 눈에 띄었다.

귀엽다. 아주 오래전부터 이 아이를 사랑했었는지도 몰라. 내가.

달림은 지평의 빨갛게 달아오른 귀를 만져보고 싶었다. 두 손으로 지평의 귀를 잡고 입술을 덮쳐 깊게 물었다. 지평이 얼음처럼 굳었다가 이내 꿈틀거렸다. 그의 숨소리가 거칠어졌다.

아! 동궁리 파도 소리 같아.

달림은 지평의 파도 소리가 듣기 좋았다. 달림의 얼굴을 잡고 있던 지평의 손이 작게 떨리고 있었다. 그 떨리는 손은 달림의 어깨를 잡았다가 아래로 점점 미끌어졌다. 지평의 입에서 나온 파도 소리가 감미로운 말로 울렸다.

"우리 합체할까?"

달림은 잠깐 무서웠지만 용감해지고 싶었다. 배꼽 안쪽에서 꼭꼭 숨어 있던 괴물이 꿈틀꿈틀 움직이기 시작했다. 눈을 꼭 감고 고개를 끄덕거렸다. 파도 소리가 점점 크고 거칠어졌다. 그 소리만 귓속에 가득해졌다. 파도를 타는 거야. 용감하게. 높이 날아올랐다 아찔하게 떨어지는 거야.

계수나무 이파리가 한 잎 한 잎 떠올랐다. 술 때문이다 아니다 술 때문이다 아니다…….

이때, 미루에게 문자가 왔다.

죽고 싶어…….

달림은 확, 깼다.

"아우! 미치겠다. 기생충 같은 놈."

지평이 펄떡, 달림에게서 떨어졌다.

"뭐? 나?"

달림은 고개를 저으며 미루의 문자를 한참 노려봤다.

"생라면, 너 입 가볍지?"

"에헤! 무슨 말씀? 내 입은 돌멩이야. 물에 빠지면 입부터 가라앉아서 아예 잠수만 하잖아."

지평이 바싹 붙어 앉으며 달림의 어깨를 안으려고 했다. 그리고 그 돌멩이라는 입을 내밀며 다가왔다. 달림은 지평의 입을 손바닥으로 철퍼덕 덮었다.

"비밀이 있어."

"비밀?"

지평은 하나도 궁금하지 않은데 억지로 묻는 얼굴이다.

"무덤까지 가져가야 해."

달림의 목소리가 비장했다.

"알았어. 무덤까지 가져갈 건데……, 그 비밀 꼭 지금 말해야 해?"

지평의 김 샌 얼굴에다 달림은 문자가 박힌 전화기를 들이밀었다. 지평의 목소리가 높아졌다.

"미루가 왜?"

달림은 미루의 이야기를 불어버리고 말았다.

지평도 미루 친구다. 달림을 통해서 알게 된 다음부터 셋이서 죽이 척척 맞는 사이로 지냈다. 만화방도 가고 영화도 보고, 애니 코스프레에 몰려다니기도 했다.

달림은 심각한 얼굴로 피자를 우적우적 씹었다. 지평이 바싹 다가앉으며 물었다.

"어떻게 생각해?"

"미루?"

"아니. 우리 합체하는 거."

달림은 입술을 질겅질겅 씹으며 망설였다.

"안 할래."

지평이 실망스런 낯빛을 했다.

"난, 생라면 너 좋아."

"정말이지?"

지평의 얼굴이 환하게 펴졌다 쑥스러운 듯 곧 붉어졌다.

"요즘 생각한 건데……, 난 정말 좋아하는 사람하고는 섹스를 못 할 거 같아."

"왜?"

"좋아하지 않게 될까 봐서."

그보다 속으로는 잘할 자신이 없기 때문이었다. 이담에 뭘 좀 알게 되는 나이가 되면, 그때 연습을 해서 정말 잘 해보고 싶었다. 그리고 달림은 무엇보다 무섭다. 미루가 겪는 일이 자신에게도 일어날까 봐서.

지평은 뭔 소리야? 하는 아리송한 얼굴이 되었다.

조금 뒤, 미루가 멍한 얼굴을 하고 사망유희 안으로 등장했다.

"미루. 오늘 무슨 날인지 묻지는 마."

지평이 미루를 떠봤다. 미루는 담담하게 대답했다.

"안 궁금해."

지평은 미루의 배로 어색한 눈길을 옮겼다. 미루는 지평의 눈길을 보고는 자신의 비밀이 새어나간 걸 바로 눈치챘다.

"들었어?"

"들었다."

미루는 달림을 쏘아보고는 털썩 소파에 몸을 담갔다. 달림은 미루 눈치를 살피며 입을 꾹 다물고 있었다.

"너까지만 알고 있어야 해."

"물론!"

미루의 당부에 지평이 냉큼 대답하고는 무겁다는 제 입을 툭툭 건드렸다. 미루가 자기 배에 손을 대면서 지평에게 물었다.

"티 나?"

"아냐. 티 안 나."

지평은 호들갑스럽게 고개를 흔들었지만, 미루를 안쓰러워하는 티를 숨길 수가 없었다.

"쫑하 연락 왔어?"

달림이 알콜 기운으로 달아오른 얼굴을 손바닥으로 감싸며 물었다. 미루는 텅 빈 눈으로 허공을 바라보며 고개를 저었다.

"전화 안 받아."

달림이 종하에게 전화를 걸어봤다. 역시 받지 않았다.

미루가 커다란 비닐 가방을 지평이 코앞으로 디밀었다.

"생일 축하한다. 친구야."

미루는 기억하고 있었구나. 그 와중에…….

달림은 다시 한 번 지평에게 미안해졌다. 미루보다 더 성의 없는 자신을 지평이 어떻게 생각할까 심란스러웠다. 미루의 선물은 종류별 라면 몇 가지였다.

"와! 일본 라면이랑 태국 라면도 있네?"

"우리나라 라면 맛이랑 비교해보라고."

지평은 완전 감동한 얼굴로 미루의 볼때기를 잡고 흔들었다.

"아이고, 깜찍한 우리 미루."

지평은 라면을 탁자에 쌓아놓고 하나하나 살펴봤다.

달림이 기어들어가는 소리로 말했다.

"나는 아무 선물도 안 했어."

미루가 어이없는 표정을 짓다가, 이내 동정 어린 눈으로 지평을 바라보았다.

"너, 완전 섭섭하겠다."

지평이가 능글맞게 웃으며 말했다.

"아냐 아냐, 괜찮아. 몬난이가 더 좋은 거 줬어."

"뭔데?"

달림이 허겁지겁 지평의 입을 막았다.

"뭐냐? 니들?"

"헤헤. 아무것도 아님."

미루는 수상쩍어 하다가 금세 관심을 껐다.

"사실은 나도 아까 생각났어. 둘이 여기 있다고 해서, 혹시 하고 생각해봤더니, 크…… 오는 길에 왕마트 들러서 사가지고 온 거야."

달림이 입을 삐죽거렸다.

"피이! 어쩐지."

미루는 문득 낯을 바꿨다. 먹구름이 슬슬 몰려드는 듯했다.

"만약에 말이야……."

뜸을 들이는 미루의 다음 말을 기다리며, 달림은 전화에 찍혔던 미루의 문자를 떠올렸다. 죽고 싶어…….

"너희가 내 입장이라면 어떻게 할 거야?"

지평이 생판, 무슨 말이냐는 낯을 했다.

"무슨 입장?"

미루는 대답 없이 자기 배를 쓰다듬었다. 달림은 깜짝 놀랐다. 그 손짓이 너무도 낯설고 어색했다. 못 봐줄 만큼.

달림과 지평은 약속이나 한 듯 입을 꾹 다물었다. 다시 미루가 천천히 입을 열었다.

"나는 아무런 판단도 못 내리겠어서 그래. 내가 너무 멍청해진 것 같아. 뭔가를 해야만 하는데, 이렇게든 저렇게든 해야만 하는데…… 아무것도 할 수가 없어. 내 몸에 아무 일도 일어나지 않은 것처럼, 그냥 살고 싶은데……."

달림의 머릿속으로 또 안개가 밀려들었다. 미루가 또 물었다.

"너희가 지금 나라면 어떻게 할 거냐고?"

지평이 숨 터지듯 말을 뱉었다.

"아! 나 같으면 확 낳아버린다."

달림의 손이 지평의 뒤통수로 우악스럽게 날아갔다.

"그래. 낳아라. 낳아. 남자도 애를 낳으면 얼마나 좋을까?"

달림은 안개 속을 헤치고 애써 대답을 찾아 고민했다. 내 뱃속에 아이가 들어왔다. 그렇다면 난, 난…… 어떻게 해야 할까?

"나는…… 낳겠어."

달림이 무겁게 중얼거리자 미루 입이 벌어졌다. 지평이 어이없다는 듯 물었다.

"학교는 어떡하고?"

"그냥 다니면 되지?"

미루가 징징거렸다.

"배가 불룩해질 텐데 학교를 어떻게 다녀?"

"못 다닐 건 뭐야? 정 다니기 힘들면 그만둘 수도 있고……. 나는 원래 학교라는 곳에 미래를 걸지 않는 보헤미안이거든."

정말이다. 달림은 학교를 믿지 않는다. 학교는 자신의 미래를 보장해주는 곳이 아니라는 걸 초등학교 들어가면서부터 알았다. 1학년이 시작되었을 때, 선생님은 한글을 가르쳐주지도 않고 받아쓰기 시험부터 봤다. 달림은 초등학교 시험을 빵점에서부터 시작해야 했다. 엄마는 당황했다. 언니 해림은 글자 한 자도 가르쳐주지 않았어도 언제나 백 점을 받아왔으니, 당연히 달림도 그럴 줄 알았다고 했다. 엄마는 달림이 언니와 다른 점을 인정해주지 않았다. 무엇보다 엄마의 구박이 서러웠다. 그러던 어느 날 드디어 백 점을 맞았다. 달림은 백 점 받은 시험지를 깃발처럼 펄럭이며 엄마에게 달려갔었다. 하지만 엄마는 기뻐하기는 아직 이르다는 얼굴로 물었다.

"백 점 맞은 애가 몇 명인데?"

"우리 반 애들 모두 다."

그랬다. 그날은 정답 채점을 하고, 틀린 문제만 재시험을 보고 또 봤다. 세 번째 네 번째, 틀리지 않을 때까지 시험을 본 거였다. 물론 40점짜리랑 70점짜리 시험지는 집에 가져가지 않았다.

중학교에서도 그렇다. 1학년이 2학년 진도를 선행학습 해야 하고, 3학년 수학을 풀고, 고등학교 문제까지도 풀어내는 게 놀랍지 않은 일이 됐다. 상위권 성적을 받는 아이들 빼고는 미래가 깜깜하다고 겁을 주는 게 학교다. 반에서 몇 명 빼고는 대학 못 간다고, 공장에서 죽기 살기 노동을 할 거라고, 비정규직 인생을 각오하라고, 윽박지르는 곳이 학교다. 하지만 달림은 아랑곳하지 않는다. 인생은 결코 성적순이 아니라는 확신이 있기 때문이다. 달림이 보기에 세상에는 성적이라는 종목 외에도 수많은 종목이 있다. 그 사실을 학교만 모르고 있는 것 같다. 아니, 모르는 척 시침을 뚝 뗀다는 게 더 맞는 말이겠지.

미루가 달림에게 발끈했다.

"장난처럼 말하지 마."

장난은 아니고 진심인 건 맞다. 하지만 살짝 자신감이 떨어지긴 했다.

"아! 정말 모르겠어. 어떻게 하는 게 덜 무서울까? 낳는 게 더 무서울 거 같아."

미루가 가라앉은 목소리로 중얼거렸다. 달림은 미루의 어깨를 토닥거렸다.

"엄청 아플 테니까. 그치?"

달림은 아이를 낳는 고통이 공포스러울 것 같았다.

"아플 것도 무섭고, 그보다 엄마가 되면……, 그다음 어떻게 살아야 할지 무서워."

미루가 또 자기의 배를 손바닥으로 살살 쓰다듬었다. 달림과 지평은 경건해 보이는 미루의 손짓을 따라서 동시에 눈동자를 굴렸다.

"이 아기는 아빠가 없고, 나는 남편이 없는 거고. 게다가 엄마와 아빠는 나를 버릴 테고. 나는 돈을 벌 수도 없을 거고. 그럼 아기하고 나는 굶어 죽을 거고……."

미루의 목소리가 떨렸다. 달림이 미루를 꼭 안았다.

"친구야. 내가 있잖아. 너는 아이를 키워. 내가 돈 벌어올게."

지평이 얼떨떨한 얼굴로 물었다.

"느그들 둘이 결혼할 거냐?"

달림이 장난스럽게 말했다.

"그래. 내가 미루 남편 하면 되잖아. 안 그래?"

"허거거걱! 레즈비언?"

지평이 장난스럽게 놀란 눈을 했다가 곧 빈정거렸다.

"그래. 둘이 결혼하면 잘 살겠다."

"야! 생라면. 그런 고정되고 편협한 사고방식을 버려. 여자 둘이 살면 다 레즈냐?"

지평의 얼굴이 좀 풀어지더니 갑자기 대범한 척을 했다.

"맞다. 꼭 남자랑 여자랑 둘이만 살아야 하냐? 여자 둘이서 살 수도 있고 남자 둘이서 살 수도 있고, 여럿이 살 수도 있고, 맘 맞고 좋아하는 사람들끼리 뭉쳐서 잘 살면 되는 거지. 안 그래?"

그러고는 진지한 얼굴로 제안을 했다.

"그럼. 미루가 아기 낳으면 우리 셋이 같이 키울까? 몬난이, 넌 이모하고 나는 삼촌, 아니 이모부가 좋다. 어때? 괜찮지? 우하하."

미루가 지평을 따라 해맑게 웃었다. 미루의 웃음은 오랜만이다.

지평이 능청스럽게 확인을 하려고 들었다.

"근데 몬난이 너 진정……, 레즈는 아니지?"

달림이 지평의 어깨에 강 스파이크를 날렸다.

"이 멍청아! 아까 키스할 때, 딱 모르겠어? 일단, 레즈는 아닌 거 같지 않았어?"

뎅그레진 미루의 눈동자가 지평과 달림 사이를 왔다 갔다 했다.

"너희…… 키스했어?"

지평은 느물느물 멋쩍게 웃었다. 달림은 당황하여 제 입술을 막다가 얼른 변명했다.

"오늘이 얘 생일이잖아. 그래서……."

"생일 선물로 입술을 줬다 이거지?"

미루가 요리조리 눈을 흘겼다.

"이 앙큼한 것들……."

달림은 어이가 없었다.

"앙큼하기는 미루를 못 따라가지. 안 그러냐?"

미루가 히죽 웃었다.

"나는 앙큼한 게 아니라 섹시한 거지."

싱겁게 히득거리고 나서, 세 아이는 말없이 눈빛을 주고받았다. 그러나, 그런데, 그러면……, 이제 되는 건가? 정말 그럴 수 있을까? 우리 셋이서 아이를 키우면서 살 수 있을까? 그럴 수도 있고 그럴 수 없을 것도 같았다. 무슨 말을 하든 빈말이 될 수 있다. 진짜 마음으로 약속하고 도장 찍고 복사하고……? 자신 없었다. 아! 리셋! 처음부터 다시 고민 시작.

분위기는 다시 가라앉았다. 말없이 몇 분이 흘렀다. 카페 안에는 설탕 같은 노랫소리가 녹아 흐르고 있었다. 잇쯔어러브땡 잇쯔어러브땡 예쓰잇이즈…… 하우 더걸오보이 캔링크어스위드조이 댓아임필링…… 오도독오도독, 라면 씹는 소리를 내며 지평이 입을 열었다.

"아무래도 엄마하고 의논해보는 게 낫지 않을까?"

범생이 같은 지평의 말에 달림이 펄쩍 놀라 나섰다.

"미루 엄마, 어떤 사람인지 몰라?"

미루 눈동자가 떨렸다.

"절대 안 돼. 울 엄마. 나에게 사약 먹이려고 할 거야."

미루는 맥주를 들어 벌컥벌컥 들이켰다.

"맥주 먹으면 안 되잖아……."

지평이 달래듯 미루 손에서 캔을 뺏으며, 미루 배를 바라보았다. 세심한 지평이. 살짝 감동이다.

미루의 엄마. 미루가 자기 집 마녀라고 부르는 사람은 이 사실을 알면 어떻게 할까? 보지 않아도 뻔하다. 미루는 정말 죽음을 각오해야 될지도 모른다. 미루 엄마는 시내 요리 학원 원장이다. 여성

연합회장도 하고 있고, 작년까지 청소년 선도위원회 회장도 했었다. 딸에게 무섭게 엄격하고 숨 막히게 감시한다. 미루의 꿈도 미래도 마음대로 조종하려는 막무가내 꼰대 스타일이다. 미루는 하루라도 빨리 집에서 탈출하는 게 소원이지만 대학을 갈 때까지 견디어볼 생각이었다.

달림은 미루 엄마가 완전 별로다. 자기 딸이 달림 같은 미친한 애하고 친구 사이인 걸 몹시 마땅찮아 했다. 공부 잘하는 아이나 있는 집 아이와 어울리기를 바라는 모든 속물 엄마들처럼. 달림이 물정 모를 때, 눈치 없이 미루 집에 가끔 놀러 가곤 했다. 그때마다 미루 엄마의 눈빛에는 싸늘한 메시지가 담겨 있었다. 좀 떨어져줄래? 라는.

달림은 가끔 자기 엄마를 다른 엄마와 확 바꾸고 싶다는 상상을 할 때가 있었는데, 미루 엄마만큼은 절대 싫었다.

달림은 갑작스레 엄마 얼굴이 떠올랐다. 유정식당 짠순이 사장은 콩쥐 딸이 임신을 했다고 하면 뭐라고 할까? 사시미 칼을 들고 딸을 도마 위에 눕힐지도 몰라.

오싹, 술이 깨는 것 같았다. 지평이 한 번 더 김 빼는 소리를 던졌다.

"그럼 어떡하냐? 우리끼리는 아무리 해도 답이 안 나오니까 어른에게 의논이라도 해보면……, 누가 아냐? 답이 나올지?"

미루가 단호하게 중얼거렸다.

"말 안 할래. 절대!"

미루가 또 맥주를 들어 순식간에 입에 털어 넣다가 켁켁거렸다. 말릴 타이밍을 놓쳐 아쉬운 얼굴로 지평이 미루의 등짝을 툭툭 두들겼다. 미루 무릎 위로 후두둑 눈물이 떨어졌다. 지평이 미루를 안고 눈물을 찔끔거렸다.

"죽어버리고 싶어."

죽어버리고 싶을 만큼 힘든 친구의 현실 때문에 달림과 지평도 죽고 싶을 만큼 아팠다.

"얘들아. 오늘 오빠 생일빵으로 노래 한 곡 한다."

지평이 노래방 기계를 켜면서 삐에로처럼 애써 웃으며 목소리를 높였다.

"사라져라. 이 슬픔이여!"

벽에 붙었던 화면에 '마법의 성'이란 제목이 뜨고 노래의 전주가 시작되고 있었다. 화면에는 판타스틱한 장면이 펼쳐졌다. 마법의 숲으로 한 소년이 성큼성큼 들어간다. 숲 속에는 깊은 동굴이 보인다. 굴 맨 안쪽에 쇠창살이 보인다. 그 안에 한 소녀가 갇혀 있다. 소녀는 아름답고 신비롭고 슬픔에 빠져 있다. 소년이 소녀를 구하기 위해 마법의 검을 빼든다.

믿을 수 있나요 나의 꿈속에서

너는 마법에 빠진 공주란 걸

언제나 너를 향한 몸짓에
수많은 어려움뿐이지만
그러나 언제나 굳은 다짐뿐이죠
다시 너를 구하고 말 거라고
두 손을 모아 기도했죠
끝없는 용기와 지혜를 달라고
마법의 성을 지나 늪을 건너
어둠의 동굴 속 멀리 그대가 보여
이제 나의 손을 잡아보아요
우리의 몸이 떠오르는 것을 느끼죠
자유롭게 저 하늘을 날아가도 놀라지 말아요
우리 앞에 펼쳐진 세상이
너무나 소중해 함께 있다면

지평과 미루는 목 따는 소리를 질러댔고 달림은 기운 빠진 얼굴로 앉아 두 아이를 바라보다가 다시 한 번 종하에게 전화를 걸었다. 벨 소리가 일 분 동안이나 가는데도 전화를 받지 않았다. 지평이 마이크를 소파에 내동댕이치고 펄떡거렸다.

"아, 오랜만에 피가 끓는다. 이 비겁한 새끼, 내가 잡아서 끌고 올게."

당장이라도 종하를 잡아올 것같이 사망유희를 나갔던 지평은 혼자 돌아왔다.

"피시방에도 없어. 요즘 학원에도 안 나온대. 홍렬이가 그러는데, 배달 알바 하는 거 봤대."

종하가 돈을 마련하느라 오토바이를 몰고 있을 거라 생각하니 셋은 갑자기 숙연해졌다. 깊은 늪이 모두의 앞에 놓인 것만 같았다. 그 늪에 미루가 빠지고 종하가 빠지고, 그리고 달림과 지평까지도……, 모두를 빨아들이려고 하는 검고 무서운 늪을 건널 수 있을까?

집에 돌아온 달림은 책상 앞에서 스케치북을 펼쳤다. 스케치해뒀던 인형 그림들을 들춰보는데 불쑥 새로운 모델 하나가 떠올랐다. 미스테리하고 귀찮은 노랑모자를 쓴 꼬마아이. 그 아이 같은 인형을 만들고 싶어진 건, 아마도 그 아이를 처음 봤을 때부터였던 것 같다. 그래. 노랑모자를 쓴 보푸라기. 정말 인형 같았어.

달림은 스케치북에 보푸라기의 실루엣을 그려보았다. 그리고 바로 스티로폼을 깎아 기본 형태를 잡아보기 시작했다.

엄마는 도대체 어디에?

비가 오락가락했다. 달림은 집으로 돌아오다가 동궁리 삼거리에 서 있는 노랑모자를 보았다. 거리는 한적했고 사람이 거의 보이지 않았다. 노랑모자는 우산도 쓰지 않은 채 횡단보도 신호등을 건너다보고 서 있었다. 아랫입술을 꼭 깨물고 무척 심각해 보였다. 달림은 살그머니 다가가 노랑모자 위에 우산을 씌웠다. 아이가 알아보고 활짝 웃었다. 달림이 먼저 집게손가락을 내밀었다.

"톡톡톡!"

노랑모자가 손가락을 내밀어 건성건성 톡톡톡, 하고는 고개를 위로 젖혀 우산을 바라보았다. 그리고 천진하게 물었다.

"뭐야?"

"우산이잖아."

"이러면 비를 못 맞잖아."

노랑모자가 고집스러운 얼굴을 하고 우산 바깥쪽으로 옮겨 섰다. 제법 까칠하다.

"비 맞으면 감기 걸린다. 보푸라기야."

달림이 점잖게 잔소리를 하며 우산을 다시 씌웠다. 노랑모자는 또 한 발자국 우산 밖으로 옮겨 섰다. 달림은 확 기분이 나빠졌다. 홀딱 젖든지 말든지 그냥 가버릴까 하는 순간, 노랑모자가 성큼 횡단보도로 들어섰다. 빨간불이었다. 차 한 대가 빠른 속도로 달려오고 있었다.

"안 돼!"

달림은 급하게 달려가 꼬마의 뒷덜미를 낚아챘다. 놀란 가슴이 쿵쿵거렸다.

"바보야! 지금 빨간불이잖아."

아이는, "빨간불?" 하고 천연덕스럽게 물었다.

"빨간불에 건너면 안 되는 거 몰라? 정말로 큰일 난다."

"괜찮아."

달림은 화가 나서 노랑모자의 젖은 머리통을 쥐어박았다.

"괜찮긴 뭐가 괜찮아? 건너다가 차에 치이면 죽는 거야."

"죽는 거야?"

"그래. 초록불일 때 건너가야 해. 알았어?"

노랑모자는 골똘한 표정을 짓고 대답을 안 했다.

"다시는 빨간불에 횡단보도 안 건너겠다고 약속해. 어서!"

달림이 잔뜩 엄한 얼굴로 버럭거리자, 노랑모자는 삐죽 입을 내밀고는 고개를 모로 돌렸다. 어쭈? 요녀석, 심각한데?

달림은 무슨 수라도 써야 했다.

"약속 안 하면 누나 이제 너랑 다시 안 볼 거야."

달림이 몇 발자국 떨어져 삐친 척했다. 바로 반응이 왔다.

톡톡! 노랑모자가 달림의 손등을 두드렸다. 달림은 모른 척했다. 또 두드렸다. 그래도 모른 척했다. 마음이 약해지려고 했지만, 버릇을 고치려면 독하게 마음먹어야 했다. 초록빛 신호등이 켜졌다. 노랑모자는 건너지 않고 제자리에서 종종거리더니, 높은 소리로 "아이참! 톡톡톡!" 하고 외쳤다. 달림이 마지못한 척 돌아보았다.

"왜. 자꾸 톡톡거려? 인사는 아까 했는데두."

노랑모자가 조금 풀 죽은 소리로 말했다.

"이 톡톡톡은 미안하다는 뜻이야. 잘못했다는 뜻이야. 알았어?"

달림은 쿡, 웃음이 나왔다.

"아! 그래? 톡톡톡은 여러 가지 뜻이 있구나?"

노랑모자는 곧 무심해져서 신호등을 잔뜩 노려보고 섰다. 비장한 표정이다. 달림은 위험해 보이는 아이가 진심으로 걱정됐다.

"보푸라기. 지금 몇 신데 이렇게 돌아다녀. 엄마 아직도 안 오셨어?"

노랑모자가 고개를 까닥까닥했다. 달림의 배꼽 안쪽이 싸하게 아파오면서 불뚝 화가 솟구쳤다. 한 번도 본 적이 없는 사람, 꼬마의 엄마에게. 도대체 이 노랑꼬마 엄마는 있는 사람이야? 없는 사람이야? 아이가 혼자 위험하게 돌아다니게 놔두고, 지금이 몇 시인데. 시계를 보니, 밤 아홉 시가 넘어가고 있었다. 신호등이 다시 붉은빛으로 바뀌고 있었다.

"안 되겠다. 데려다줄게. 가자. 보푸라기. 집 어디야?"

달림이 손을 내밀자 노랑모자는 달림의 손가락 하나를 움켜쥐고는 바다 쪽을 향해 눈알을 떼록거렸다. 역시 손이 차가웠다. 달림은 아이의 작은 손을 꼭 쥐고 살살 조물거렸다. 따뜻해져라 따뜻해져라, 주문을 외우면서.

"이 밤에 꼬마 혼자서 이렇게 돌아다니면 못써. 다음부터는 밤에 돌아다니지 마."

달림은 엄마라도 되는 것처럼 잔소리를 쏟아 부었다. 노랑모자는 달림의 소리는 못 들은 척하며 딴소리를 했다.

"보풀 아기들은 잘 있어?"

"보푸라기? 아, 우리 집 인형이랑 피규어 말이구나? 그럼."

잡고 있던 노랑모자의 손이 조금씩 떨리는 게 느껴졌다.

"보푸라기. 춥구나?"

아이는 고개를 저었다. 가만 보니 겉옷을 입지도 않고 얇은 셔츠 하나만 입고 있었다. 밤 시간에 이렇게 옷도 제대로 못 입고, 우산도 없이 비를 맞고 돌아다니다니, 아이의 엄마를 만나면 정말 마구 따져보고 싶었다. 도대체 아이를 왜 이렇게 두고, 기다리게 하는 거냐고.

노랑모자의 입술이 떨려 부딪치는 게 보였다.

"것 봐! 너 춥잖아."

달림의 목소리가 커지자 노랑모자는 눈치를 보다가 슬그머니 달림에게서 손을 뺐다. 달림은 교복 재킷을 벗어 아이에게 입혔다. 노랑모자는 따뜻해져서 좋은지 해죽해죽 웃었다. 봐도 봐도 예쁜 눈웃음이다. 이 아이가 이렇게 웃는 걸 많이 보고 싶다는 생각이 들었다.

신호등이 초록 불빛으로 바뀌자 노랑모자가 달림을 올려다보았다.

"자, 이제 초록 불 켜졌네? 이때 건너는 거야. 알았지?"

아이가 노랑모자 쓴 머리를 끄덕거렸다. 달림은 아이의 손목을 꼭 잡고 횡단보도를 건넜다. 진파랑빛 교복 재킷과 병아리 노랑빛 모자는 그럴싸하게 어울렸지만 큰 옷에 파묻혀 짧은 다리로 되똥되똥 걷는 모습이 새끼 펭귄같이 귀엽고 우스꽝스러웠다. 피시식. 자꾸만 웃음이 삐져나왔다.

"저쪽으로 가야 하니? 딸꾹!"

오슬오슬 추운 기운을 참던 달림이 딸꾹질을 터뜨렸다. 노랑모자는 신기한 눈으로 달림을 바라보더니 까르르, 웃음을 터뜨렸다. 그러고는 딸꾹질 흉내를 냈다.

"딸꾹! 딸꾹!"

"어른 놀리면 못써! 딸꾹!"

노랑모자는 아랑곳 않고 딸꾹질 흉내를 계속했다.

"딸꾹! 나도 잘하지? 나도 뭐든지 할 수 있어. 딸꾹!"

딸꾹질이 뭐라고, 아이는 대단한 걸 해내는 듯, 의기양양했다.

"딸꾹! 딸꾹!"

아이고, 완전 밉상이다.

그때, 방금 건너온 횡단보도 맞은편 쪽에서 '왈왈' 개 짖는 소리가 들렸다. 노랑모자 고개가 빛의 속도로 홱, 돌아갔다. 저만치 강아지 한 마리가 짖어대며 지나갔다. 노랑모자는 홀린 듯 강아지를 바라보더니 우뚝, 그 자리에 서서 꼼짝도 안 했다. 딸꾹질 흉내도 뚝 멈췄다. 그러나 이번에는 다른 흉내다. "왈왈왈!" 하더니 갑자기 횡단보도로 뛰어들어 달리기 시작했다. 말릴 새도 없이.

"앗! 지금 건너면 안 돼!"

다행히 지나가는 차는 없었다. 놀란 달림은 울화가 치밀었다. 금방 했던 약속 따위는 홀랑 팽개친 꼬마 때문에. 뛰어가는 꼬마의 뒤통수에다 버럭거렸다.

"야! 펭귄 새끼. 거기 안 서?"

그러거나 말거나 노랑모자는 뒤도 안 돌아보고 강아지를 따라 사라졌다. 길모퉁이 골목을 뒤져보아도 펭귄 꼬랑지 같은 것도 안 보였다.

"어떡해! 내 교복 입고 가버렸어……. 고집불통 펭귄 새끼! 어디 만나기만 해봐."

달림은 뽀드득, 이를 갈았다.

집으로 들어오니 엄마는 고단한 학교생활을 마치고 돌아온 딸에게 힐끗 눈길 한 번 주고는, 인사를 쏘아댔다.

"지지배가 이리 늦게까지 싸돌아다녀? 비 오는 날. 귀신 만나러 다녀? 학원 끝난 시간이 언젠데. 피시방 문턱이 닳도록 드나들다가 나중에 피시방에서 걸레질 할 수도 있다는 속담도 못 들어봤어?"

엄마의 늘어지는 잔소리가 달림은 아무렇지도 않았다. 오른쪽 귀로 들어왔다가 왼쪽 귀로 흘러나가도록, 신체감각 어딘가에 오토매틱 센서로 입력되어 있는 것 같다.

엄마는 손님이 일찍 끊긴, 비 오는 날의 여유를 즐기던 중이었다. 화분에 심은 화초에 얼굴을 들이밀고 냄새를 맡고 쓰다듬고 뜨거운 애정을 쏟아 붓고 있었다. 식당의 비린내를 제거한다고 하나둘 들여놓기 시작한 허브들은 식당 한쪽에 작은 숲을 이루고 있다. 마른 이파리들을 뜯어내고 한 잎 한 잎 닦아주며 뽀뽀라도 할 것처럼 쓰다듬던 엄마가 갑자기 탄식을 했다.

"아이고 어째! 얘가 이상하네."

엄마는 잔뜩 상심한 얼굴로 쪽파 줄거리같이 생긴 이파리를 소중하게 두 손으로 받쳐 들고는 애절하게 말했다.

"아야야. 이쁜 새끼야. 살아야 한다. 정신 차려야 한다."
보다 보다, 달림의 입에서 빈정 상한 소리가 새어나왔다.
"아야야. 이쁜 새끼야. 아주 예뻐서 죽네 죽어. 엄마나 정신 차려!"
달림은 자기보다 훨씬 더 사랑받고 있는 화분을 발등으로 퍽, 쥐어박았다.
"췌! 화초보다 못한 내 인생."
엄마가 쌔한 눈빛을 쏘았다. 달림은 얼른 말꼬리를 돌렸다.
"내가 얼마 전에 데리고 왔던 애 있잖아? 엄마 잃어버린 것 같다는……."
엄마의 사나웠던 눈길이 호기심 눈빛으로 변했다.
"그 꼬마 아직도 엄마가 집에 안 왔나 봐. 계속 엄마를 찾는다고 돌아다니는데 어떡하지?"
엄마는 별 대꾸가 없이, 화초에 다시 고개를 들이밀고는 한 박자 늦게 생각난 듯 말했다.
"그거 거짓말 아니었어?"
"거짓말 아니래두!"
엄마는 고개를 돌리면서 관심을 보였다.
"혹시…… 노르댕댕한 거 머리에 쓰고 다니는 애기 아니니?"
"응. 어떻게 알아?"
"음. 아까 요 앞에서 쪼그리고 앉아 있더라구."

"그래서?"

"뭐. 그래서야."

역시 냉정하다.

"그렇게 예쁜 애가 엄마도 없이 돌아다니는데 엄마는 아무 생각도 없어?"

"뭐? 내가 와보라고 손짓을 했지. 근데 쌩, 달아나더라니까. 그러고는 몰라. 나도 바빠 죽겠는데."

"꼬마도 인정사정없는 마녀는 알아보나 봐?"

엄마가 잡아먹을 듯이 딸을 노려봤다.

나를 보러 왔던 거겠지? 근데, 그렇게 쌩하니 강아지를 쫓아 달아나버려? 내 교복까지 입은 채로? 못된 팽귄 새끼 같으니라고……. 그런데 왠지 웃음이 나왔다.

엄마는 화분에 얼굴을 박은 채로 시큰둥하게 물었다.

"아직도 집 앞에 있던?"

"아니? 저기 큰길에서 봤어."

"그래서?"

"강아지가 나타나니까 애가 막 쫓아가는 거야."

"자기네 강아지인가 보지? 그럼 엄마가 어디 가까운데 있었나 보네."

"그런 것 같지는 않았어. 애가 좀 이상해."

엄마는 허브 화분들의 위치를 요리조리 옮기며 고개를 갸웃거렸다. 딸은 떠들거나 말거나 관심도 없어 보였다. 그래도 달림은 얘기가 더 남았다.

"애가 비를 맞고 막 떨고 있는 거야. 덜덜덜. 불쌍하게도……."

엄마는 대꾸도 없다.

"그냥 올 수가 없잖아. 떨고 있는데."

역시 무응답.

"그래서 말이야. 내 교복을 벗어서 입혀줬거든."

그제야 엄마가 달림에게로 눈길을 돌렸다. 그러고는 딴소리다.

"참, 요번 주말에 아무 데도 가면 안 된다."

달림도 꿋꿋이 자기 할 말을 했다.

"그 애가 교복 입고 그냥 가버렸다는 말이지."

엄마는 더 꿋꿋하게 딴소리다.

"김치 냉장고 좀 열어봐. 김치 한 통밖에 안 남은 거 같던데, 내일 당장 담가야 하나 어쩌나?"

달림은 입만 열고 귀를 막은 엄마에게 바락거렸다.

"나 교복 잃어버렸다구!"

"근데?"

"그래서 나는 내일 교복을 못 입고 학교에 가야 한다는 말이지."

"뭐야?"

엄마가 우악스럽게 눈꼬리를 세우고 달림의 몸을 훑어봤다. 그러고는 벌떡 튀어 일어났다. 드디어 엄마의 격한 반응이 일어났다.

그렇지! 이 정도는 돼야 엄마다운 거지.

"교복 어디 갔어? 잃어버렸다고? 그럼, 어떻게 할 거야?"

"그 노랑모자 쓴 꼬마에게 빌려줬다니까. 그 애 보면 내 교복 가져오라고 꼭 말해줘."

엄마는 그제야 찰지게 혀를 찼다.

"쯧쯧쯧! 교복을 왜 빌려줬어?"

"아이고 참! 내가 아까 말했잖아. 추워서 오들오들 떨고 있었다고. 엄마도 없는 애가 날마다 제 엄마 찾겠다고 이 빗속에 돌아다니고 있어서 잠깐이라도 따뜻하라고 덮어줬다니까."

"그래. 그러게 이 근처에 어디 엄마가 있는 거겠지."

"그럴지도 모르지."

"그나저나 못 찾으면 어떻게 할 거야?"

"그러게……. 미아신고센터에서는 찾아주지 않을까?"

"으이구! 교복 못 찾으면 어쩔 거냐는 말이야. 미아신고센터에서 멍청이가 잃어버린 교복도 찾아준다던?"

엄마는 이맛살을 찌푸리고는 화분으로 고개를 파묻으려다가 다시 홱 틀었다. 눈초리에 의심의 불꽃이 번쩍거렸다.

"너, 어디 딴 데서 잃어버린 거 아냐?"

"어허! 엄마가 이렇게 딸을 못 믿어?"

"어허! 그러게. 평소에 딸이 얼마나 못 미덥게 굴었으면 엄마가 이래? 그나저나 교복 영영 못 찾으면 어떡할 거냐구?"

"왜 영영 못 찾아? 아마, 내일 교복 입고 우리 집에 놀러올지도 몰라. 이히히. 그나저나 그 애가 내 교복 입으니까 꼭 펭귄 새끼 같은 거 있지."

"펭귄 새끼 같은 소리 하고 있네. 어쨌거나 교복 새로 사달라고 하면 국물도 없을 줄 알어. 돈도 없고."

"핑! 걱정 마셔. 쫌 있으면 졸업인데. 뭐, 못 찾아도 괜찮아."

"아이구! 속도 편하셔. 당장 내일 뭐 입고 학교 갈래?"

"그래서 내일 일찍 가려고. 교문에서만 안 걸리면 돼."

엄마는 의심 반 걱정 반 섞인 눈빛으로 입을 꾹 다물고 말았다.

"걱정 마셔! 해옥 씨."

달림은 냉장고를 열어 김치통 뚜껑을 따며 엄마에게 부탁했다.

"파출소에 전화 좀 해봐. 미아 신고 들어온 거 있나."

"아이구! 귀찮아."

그러면서 엄마는 파출소에 전화를 걸었다.

"애 잃어버린 사람도 찾는 사람도 아예 없단다."

그럼, 그 노랑 꼬마는 어떡하지? 아이는 엄마를 찾는데 엄마는 아이를 찾지 않는다는 건가? 아리송하면서 가슴이 묘하게 먹먹해졌다.

3부. 롤러코스터 같은 인생이란

엄마라는 이름의 인생을 상상하고

다음 날, 달림은 일찍 일어났어야 했다. 교복을 안 입고도 교문을 무사히 통과하려면 20분은 일찍 등교해야 하니까. 하지만 다른 날보다 더 늦게 일어나고 말았다. 지각 체크 직전에 겨우 학교에 도착한 달림은 제 몸뚱어리가 이리도 제 맘을 몰라주는지 한숨이 나왔다.

교문에 수문장처럼 떡, 버티고 서 있는 방울뱀 선생의 번뜩이는 눈알이 보였다. 교복 재킷 대신 점퍼를 걸쳤으니 교문을 무사히 통과할 수는 없는 일이다. 달림은 할 수 없이 편의점 옆에 삐딱이를 부려놓고 뒷담을 척척 타올랐다. 하지만 세상도 역시 달림의 맘을 알아주지 않았다. 운동장으로 뛰어내리려는 순간, 달림을 빤히 구경하고 서 있는 방울뱀 눈과 맞닥뜨렸다.

"왜 담을 탔을까?"

방울뱀의 느물느물한 질문에 달림은 순발력 있게 대답했다.

"체력 훈련이죠."

이런 대답에 그렇게 순순히 넘어갈 거라는 기대는 애초에 하지도 않았다. 달림은 운동장으로 펄쩍 뛰어내려 태연한 척 교실 쪽으로 걸었다.

"잠깐!"

방울뱀은 눈알을 데룩거리며 달림의 몸을 투시하듯 훑어보다가 일격을 날렸다.

"잠바! 벗어봐."

아우! 예리하긴.

"잠바요? 그게 뭐예요?"

방울뱀은 침을 튀며 대답했다.

"점퍼!"

"아, 네!"

달림은 꾸물럭꾸물럭 지퍼를 내렸다.

"교복은?"

"깜빡 잊고."

"뭐시라? 교복을 깜빡 잊어?"

방울뱀은 어이없다는 듯 코웃음을 했다. 달림은 재빨리 작전을 바꿨다. 솔직히 말하고 인정에 호소하기로.

"사실은, 어떤 쬐끄만 꼬마 녀석한테 당했어요. 뭐. 도둑놈은 아닌 것 같은데, 비를 맞고 달달 떨길래 빌려줬더니 그냥 입고 튀어버리더라구요."

"허! 언제, 어디서, 어떻게, 왜?"

달림은 대꾸하기 귀찮아서 입을 다물어버렸다. 무슨 말을 해도 믿어줄 것 같지 않았다. 입을 꾹 다문 달림을 노려보던 방울뱀 눈알이 금방이라도 튀어나올 것처럼 충혈됐다. 더 버텨볼 상황은 아니었다.

"그냥 그랬다니까요?"

"좋아. 일단, 네가 그렇게 하고 싶어 하는 체력 훈련 시켜준다. 운동장 세 바퀴. 방과 후 학생부. 참, 내일도 안 입고 오면 삼육구. 알지?"

'369'라 하면 세 바퀴 벌칙 다음에, 또 규칙을 어기면 여섯 바퀴, 아홉 바퀴로 벌칙이 늘어난다는 뜻이다. 운동장 한 바퀴 뛰자, 다리가 슬슬 풀리고 저절로 이가 갈렸다. 보푸라기인지 노랑 바가지인지, 꼬맹이 녀석 어디 만나기만 해봐라.

점심시간에 달림은 미루와 운동장 구석에 쪼그려 앉았다. 햇빛을 받고 있자니 몸이 노곤노곤해졌다. 돗자리라도 있으면 깔고 눕고만 싶었다. 미루는 눈을 꼭 감고 얼굴을 들어 해를 쪼였다. 영락없는 거지꼴 세트다. 달림은 운동장을 뛰느라 놀란 장딴지를 두드리며 조심스럽게 입을 열었다.

"생각 좀 해봤어?"

미루가 눈을 반짝 뜨고 하늘의 해를 빤히 노려보았다. 아무 말이 없다. 달림이 팔꿈치로 미루 옆구리를 쿡 쑤셨다. 그제야 미루는 천천히 입을 열었다.

"엄마가 되고 나면 나는 어떻게 되는 걸까?"

"그야, 그냥 엄마인 거겠지."

달림이 간단하게 대답했다.

"내 인생은 끝이겠지?"

"엄마라는 인생도, 너의 인생으로 계속 되는 거 아닌가?"

미루는 뾰족한 돌조각을 주워 땅바닥에 낙서를 하기 시작했다. 칼라 깃이 날렵하게 하늘로 올라가고 뒷모양이 제비 꼬리처럼 길게 늘어진 슈트였다. 왕자가 입을 법한 멋진 모양이다. 멍하니 낙서하는 걸 바라보던 달림을 향해 미루가 중얼거렸다.

"내 꿈은…… 끝나는 거겠고?"

"꿈? 아!"

방금 미루가 땅바닥에 낙서를 한 것은 자신의 꿈을 그린 것이었다. 미루의 꿈은 무대의상 디자이너다. 그 꿈을 이제 꿀 수 없는 것일까?

지평이 이런 말을 했었다.

"와! 그때 미루가 만든 옷, 코믹 코스프레 의상 말이야, 완전 환상이더라."

보는 사람들이 감탄했었다. 전문가들이 만든 옷에도 뒤지지 않은 솜씨였다. 미루는 자기가 정말 잘할 수 있는 걸 찾아냈다. 미루는 소중하게 꿈을 심었다. 배우의 연기를 한층 돋보이게 해주는 옷을 만드는 사람이 되고 싶은 꿈. 대학 무대의상학과에 진학하기 위해서 그 전보다 공부도 열심히 했다. 공부가 더 하고 싶어지면 유학도 할 생각으로 어학 공부도 틈틈이 하고 있었다. 꿈을 꾸기 시작한 미루는 생기가 넘쳤었다. 달림은 미루가 꿈을 제대로 찾았다고 생각했다. 정말 소질 있으니까. 그런 친구가 자랑스럽고 부러웠다.

물론 미루 엄마는 딸의 진짜 꿈을 모른다. 아니, 관심이 없다. 알아도 무시할 게 뻔했다. 오래전에 약사가 되라고 아예 못을 박아두었으니 그렇게 실현될 줄 믿고 있을 뿐이다. 그래서 미루는 혼자서 계획을 세웠다. 언젠가는 엄마에게 위대한 반기를 들 날까지 잡아놓고.

달림이 조심스럽게 말했다.

"친구야. 그러니까 꿈을 포기한다는 얘기냐?"

미루가 입술을 삐죽거리면서 고개를 끄덕거렸다.

"어쩔 수 없잖아? 포기하는 수밖에. 아기 낳으면 다 끝이니깐."

"아기 낳아서 엄마에게 키워달라고 하고 너는 계속 공부하면 안 될까?"

"푸흐흐흐!"

미루가 미친년처럼 웃기 시작했다. 하긴, 미루의 엄마가 미성년자 딸이 낳은 아이를 키워줄 거라는 생각은 애초에 가당치 않다. 미루는 어깨를 들썩거리며 계속 실실거렸다. 미루를 흔들었다. 미친 웃음은 멈추지 않았다. 달림은 덜컥 겁이 났다. 이러다가 한순간에 안드로메다로 휙, 날아가버릴 것 같았다. 달림은 미루 뒤통수를 힘껏 때렸다.

"정신 차려!"

그러고는 벌떡 일어나서 배꼽에 힘을 빡 주고 큰소리를 쳤다.

"멍청아! 꿈이 왜 끝나? 엄마가 되면 세상이 끝나는 거야? 더 열심히 살면 되잖아!"

"조용히 좀. 좀!"

눈알이 왕방울만 해진 미루가 집게손가락을 입에 대고 주변을 돌아다봤다. 다행히 가까이에는 아무도 없었다.

"아후후! 심장 쫄려."

가슴을 쓸어내리는 미루를 보며 달림이 부드럽게 불렀다.

"친구야."

"뭐! 왜!"

뚝뚝거리는 미루에게 달림은 또박또박 말했다.

"나는 네가 어떤 결정을 하든 찬성이야. 하지만 꿈을 포기하지 않았으면 좋겠어. 네가 정말로 멋진 디자이너가 되는 꼴을 나는 꼭 봐야겠다. 친구야."

미루가 땅에 그렸던 그림 위로 무언가 똑똑 떨어졌다. 미루 눈에서 떨어진 물방울이었다.

달림은 말없이 미루를 안아주었다. 미루가 울음을 참으며 겨우 목소리를 냈다.

"나 그냥 병원에 가볼래."

"어떡하려구?"

"아무래도……, 병원에 한 번 가봐야 할 것 같아. 병원에서는 임신이 아니라고 말해줄지도 모르잖아."

"그러자. 그럼."

미루가 눈물을 닦으며 물었다.

"너희 집 옆에 그 병원에 대해서 좀 알아?"

"오렌지 병원?"

달림은 대뜸 원장 얼굴과 활어회가 떠올랐다.

"흠…… 뭐라더라? 시설이 아주 좋대. 호텔같이. 그리고 멀리서도 많이 온대."

미루는 명쾌하게 결정했다.

"거기로 갈래. 친구야. 같이 갈 거지?"

달림은 멈칫했다.

"내가? 아, 안 돼."

미루가 섭섭한 듯 눈꼬리를 축, 내렸다. 달림은 급하게 핑계를

댔다.

"거기 원장 완전 비호감이야. 게다가 살아 있는 회만 먹어. 게다가 흠, …… 간호사들도 별로야."

"나랑 가는 게 그렇게 싫어? 내가 창피해서 그러지?"

미루가 완전 섭섭한 얼굴을 했다.

"아, 아니야. 사실…… 오렌지 병원 사람들이 나를 알아볼까 봐 그래. 우리 식당에 자주 오거든. 그 사람들이 우리 엄마에게 얘기하면……."

갑자기 골머리가 빙빙 돌았다.

"그다음 일이 어떻게 될지 뻔하잖아? 우리 엄마, 완전 호들갑을 떨 거야. 담임에게 전화할지도 모르고, 뭣보다 네 엄마 귀에 들어갈 수도 있잖아? 그럼 완전 일 터지는 거야."

미루는 점점 죽을상이 되었다. 달림이 반짝 좋은 생각을 해냈다.

"생라면하고, 어때?"

미루가 확 짜증을 냈다.

"야! 생라면 데리고 산부인과에 가라고? 그럼 걔가 내 남자 친구인 줄 알 거 아냐?"

"뭐 어때?"

"싫어! 걔는 내 타입 아냐. 못생겼어."

"얼씨구? 누가 생라면이랑 진짜 애인하래? 그리고 미루, 너 웃긴다. 생라면 정도 생겼으면 괜찮은 편이지. 쫑하보다 백 배는 잘

생겼다. 흥!"

달림의 흥분에 미루는 한풀 꺾인 소리로 중얼거렸다.

"나는 너랑만 갈래."

"으이구! 그러면 다른 병원으로 가든지, 아니면 생라면 데리고 가든지, 둘 중 하나 해!"

단호하게 나오자, 미루가 달림의 팔을 붙잡고 꾸역꾸역 떼를 썼다.

"친구야. 그러지 말고 같이 가자. 응? 너 그 병원 들어가 보고 싶지 않아? 나는 가보고 싶었단 말이야."

"왜에?"

"병원이 예쁘잖아."

"뭐라고라? 지금 제정신이니?"

달림은 혀를 차며 미루의 팔을 뿌리쳤다. 그리고 두 손을 번쩍 들었다.

"너답다!"

미루가 갑자기 물개박수를 치며 호들갑을 떨었다.

"좋은 생각 났어. 분장! 우리, 학생 아닌 것처럼 분장을 하는 거야. 사복 입고 화장도 하고……. 그러면 학생인지 못 알아볼 거야. 어때?"

"정말…… 못 알아볼까?"

"걱정 마. 분장은 나한테 맡기셔."

미루는 도대체 지금 상황이 어떻게 돌아가는 건지 잊은 모양이었다. 어이없게도 신나 하는 듯한 모습에 달림은 할 말을 잊어버렸다.

상상도 못했던 일이 일어날 수 있는 현실을 지나

다음 날, 미루는 커다란 캐리어에 한가득 옷을 싸들고 왔다. 학교가 끝나자마자 달림은 미루를 삐딱이에 태우고 동궁리로 왔다.

"옷 갈아입기 딱인 데가 있어."

달림은 미리 생각해뒀던 귀신 놀이터로 미루를 끌고 갔다. 때마침 날씨가 흐려서 놀이터로 올라가는 길에는 개미 그림자도 없었다. 미루는 놀이터로 올라가면서 찜찜해했다.

"여기, 정말 괜찮은 데야?"

"그래. 괜찮다니까. 여기는 귀신 말고 나 말고, 아무도 안 와."

놀이터에 들어서니, 그네가 흔들리고 있었다. 미루가 바싹 쫄았다.

"아무도 안 오는 데라며? 그런데 그네가 흔들려?"

"그러게? 바람인가 봐."

달림이 교복을 훌렁훌렁 벗는데, 어디선가 사각사각 흙 밟는 소리가 들렸다.

"헉!"

기겁을 하고 돌아보니 노랑모자였다.

"헤헤헤. 뒤뚱뒤뚱 씨."

노랑모자가 반가운지 폴짝거리며 다가와서는 손가락을 내밀었다.

"톡톡톡!"

달림은 반가운 마음에 손가락을 내밀다가, 냉큼 거두어버렸다. 녀석 때문에 뺑뺑이를 돈 것이 한 박자 늦게 생각났다. 당장 뒷덜미를 잡고 흔들어줄까 했지만 그럴 겨를이 없었다. 달림은 노랑모자에게서 얼굴을 돌리고 옷을 마저 벗었다. 조금 뒤, 노랑모자의 신호가 왔다. 어느새 뒤에 와서 달림의 엉덩이를 두드려댔다.

"톡톡톡!"

달림이 귀찮은 듯 버럭거렸다.

"됐어. 인사하고 싶지 않아."

노랑모자가 오물오물 중얼거렸다.

"인사 아냐……. 엄청 보고 싶었다고 하는 거야."

마음이 흐물흐물해졌다. 엄청 보고 싶었다고? 꼭 안아주고 싶었지만, 꾹 참았다. 꼬맹이 녀석, 사람 맘 녹이는 재주는 타고났다니까.

달림이 별 반응을 보여주지 않자, 한 번 더 신호가 왔다.

"톡톡톡!"

"아! 또 뭐야? 너, 자꾸 톡톡거릴래?"

"잘 있었냐고. 헤헤."

"잘 있어도 엄청 잘 있었지. 네가 교복 입고 달아나버려서, 나 뺑뺑이 돌았단 말이야. 요 얄미운 꼬맹이야. 참, 그나저나 내 교복 어디 있어? 누나가 빌려줬던 옷 말이야."

"저기."

"빨리 누나네 집에 갖다놔."

노랑모자가 해해거리며 고개를 끄덕거렸다.

"누나가 지금 너랑 못 놀아준다. 참! 인사해라. 누나 베프야."

노랑모자가 맑은 소리로 말했다.

"베프?"

미루는 노랑모자를 보자마자부터 입이 헤벌레 벌어진 참이었다.

"완전 예쁘다!"

"그치? 인형 같지? 내가 요즘 새로 사귄 꼬마야. 호호홍."

노랑모자는 미루 앞에 바싹 붙어 서서 빤히 올려다보며 손가락을 내밀었다.

"톡톡톡?"

미루는 고개를 갸웃거리다가 손가락을 마주 댔다.

"응? 톡톡톡?"

노랑모자는 활짝 웃어주고는 미루의 배로 눈길을 옮겼다. 그러고는 미루의 배꼽께에 손가락을 갖다대고는 또 톡톡톡, 두드렸다. 그 순간 달림은 오싹해졌다. 이상하다. 미루 배에다 인사를?

"뭐해? 뒤뚱 씨."

노랑모자가 속옷 바람의 달림을 신기한 눈으로 바라보며 물었다.

"으응. 옷 갈아입어."

"왜 옷 갈아입어?"

"변장하는 거야."

"왜 변장해?"

"아이고 귀찮아. 보푸라기야. 지금 누나 엄청 바쁘거든. 내일 놀자."

달림이 엄한 얼굴로 등을 밀어내자 노랑모자는 저만치 그네에 가 앉아 멀뚱히 두 소녀를 구경했다.

옷을 갈아입고 나니, 미루는 아예 걸 그룹 차림새였다. 달림은 못마땅했다.

"너, 지금 어디 가는지 잊었어? 무대 위에서 춤이라도 추러 가냐?"

"기왕 입는 거 스타일 나게 입어야지. 어때? 학생 아닌 거 같지?"

달림의 옷은 가관이었다. 미루는 엄마가 오래전에 입었다던 밤색 투피스를 가지고 왔다. 엉덩이부터 무릎까지 암팡지게 달라붙는 좁은 치마에 저절로 어깨가 구부러지는 재킷. 달림은 정말 입고 싶지 않았다. 옷은 제 주인을 닮았는지, 입자마자 사람 미치게 만드는 재주가 있는 것 같았다. 거기다 스타킹도 신고 굽이 뾰족한 구두까지 신어야 했다.

"야! 나, 이거 너무한 거 아냐?"

달림은 저절로 울상이 됐다. 그러나 미루는 들은 척도 안 하고 달림의 얼굴에 화장품을 두텁게 바르기 시작했다.

"우린 지금 연기하는 거야. 넌 배우고 난 분장사야. 그냥 입히는 대로 입어."

"그래도 이건 좀 심해."

"너는 예쁜 숙녀와 같이 병원에 온 엄마 역할이야. 딱 어울리는 옷이라구."

분장이 끝나고, 미루는 알이 주먹만 한 선글라스를 달림의 얼굴에 씌우며 읊조렸다.

"화룡정정!"

"으이구! 무식아. 화룡점점 아니야? 아니 점정인가?"

"어쨌든!"

미루는 기대에 가득 찬 얼굴로 마법 거울을 달림의 코앞에 갖다 댔다.

"어때?"

"아이고! 나 왜 이렇게 죽을 것 같니? 숨을 못 쉬겠어. 이 옷에 무슨 독이라도 묻은 거 아냐?"

"엄살 피우지 말고 자, 이건 포인트!"

빨간 악어가죽 핸드백을 손에 들고 나자, 변장은 끝이 났다. 그때 웃음소리가 들렸다.

"쿠쿠쿠쿡!"

노랑모자가 달림을 손가락으로 가리키며 웃음을 참고 있었다. 달림은 그런 노랑모자가 이해가 되고도 남았다. 자신이 봐도 웃지 않고는 못 배길 모양새니까. 왈칵 짜증이 몰려왔다. 크게 숨을 몰아쉬었다. 참자, 친구를 위해서 어쨌든 달리는 수밖에.

선글라스를 벗어 이마 위에 걸치고 노랑모자에게 손을 흔들었다.

"보푸라기. 누나 어디 급하게 가야 해. 얼른 집에 가서 누나 옷 가져와!"

노랑모자는 놀이터 바깥으로 나가는 두 소녀의 뒷모습을 시무룩한 얼굴로 지켜보았다.

삐딱이에 올라타자 좁은 치마 때문에 제대로 다리를 움직일 수가 없었다. 달림은 치마를 훌떡 걷어 올리고는, 선글라스를 머리 꼭대기에 올리고 빛의 속도로 골목길을 달려 내려왔다. 뒤에 매달린 미루는 재밌는지 무서운지 알쏭달쏭한 비명을 질렀다.

오렌지 병원 앞에 도착하자, 달림의 다리가 마구 후들거렸다. 신발이 너무 불편해서 안 그래도 뒤뚱거리는 엉덩이가 자꾸 뒤로 빠지려고 했다. 달림은 미루의 손을 꽉 잡고 겨우 걸었다. 미루는 못미더운 얼굴로 잔소리를 했다.

"너는 지금 연기하는 거야. 내 엄마라는 거, 잊지 마."

생애 첫 연기라…… 배역이 하필 그 기분 나쁜 미루 엄마인 게 찜찜했다. 하지만 기왕 친구를 위해서 하기로 한 거, 제대로 해보기로 마음을 다잡았다. 달림은 억지로 허리를 펴고, 미루 엄마의 모습을 떠올렸다. 그랬더니 미루 엄마처럼 얼굴 각도가 비뚤어지면서 턱이 치켜 올라가더니 흥, 하고 콧방귀가 저절로 나왔다.

오렌지색 건물 뒤편, 후문이 보였다.

"후문?"

미루가 긴장한 목소리로 간판 글자를 읽었다.

"비밀의 문이야."

대답하면서 달림은 이게 꼭 꿈속 같았다. 잠꼬대 같은 소리가 중얼중얼 나왔다.

"이 문으로 들어가게 될 줄은 진정 몰랐었네."

상상도 못했던 일이 일어날 수 있는 게 현실이다.

후문을 열자, 흐릿한 실내등이 켜져 있는 복도에 붉은색 화살표가 보였다. 가리키는 방향을 따라 걷는데, 달림의 가슴이 막 방망이질을 시작했다. 미루도 숨을 들이쉬었다 내쉬었다 하더니 달림의 손을 꼭 잡았다. 미루의 손이 바들바들 떨리고 있었다. 달림은 애써 용기를 내야 했다. 그래, 미루가 나보다 훨씬 무서울 거야. 달림은 미루 귀에 속삭였다.

"걱정 마. 여기 엄마 있잖아."

달림은 비틀비틀 삐딱삐딱 걸어 들어갔다. 엉덩이가 자꾸 빠져 뒤로 넘어갈 것 같았다. 병원에 들어서니 로비 한가운데 오렌지를 반으로 쩍 갈라놓은 것 같은 화려한 조형물이 보였다. 대기석에는 환자들이 몇 명 앉아 있고, 프런트에는 오렌지빛 유니폼을 입은 간호사 셋이 앉아 있었다. 정말이지 다 아는 얼굴이었다. 달림은 냉큼 선글라스를 콧등에 얹었다. 둘은 대기실 구석 자리에 가만히 앉아서 차례를 기다렸다. 가슴의 방망이질이 그치지를 않았다. 달림은 눈을 감고 턱을 내밀고 주문을 외웠다. 흥흥! 나는 미루 엄마다. 에잇! 정말이다.

실내는 묘하게 어두웠다. 사람들의 얼굴이 모두 우중충하게 흙빛으로 보였다. 달림은 그 칙칙하고 낯선 어두움이 정말로 맘에 들지 않았다. 조금 뒤 선글라스가 조금씩 콧등 아래로 미끄러지면서 그 우중충한 흙빛이 선글라스 때문이었단 걸 깨달았다. 달림은 입술에 바른 립스틱이 너무 맛없어서 자꾸만 침을 뱉고 싶었다. 그리고 자꾸만 벌어지는 다리를 추스르고, 자꾸만 무릎에서 미끄러지는 핸드백을 추스르고, 코 아래로 흘러내리는 선글라스를 추슬렀다. 정말 죽을 맛이었다. 달림은 최대한 작은 소리로 미루에게 짜증을 냈다.

"야! 뭐 이렇게 추스를 게 많냐?"

간호사들이 두 아이를 자꾸만 흘깃거렸다. 달림은 한 사람씩 기억을 떠올려보았다. 프런트에 앉은 최 간호사. 원장이 빈 술잔을 들면, 벌떡 일어나서 술을 따르던 모습이 기억났다. 앞머리를 일자로 커트한 단발머리의 그녀는 간호조무학원을 갓 나왔다는 막내 간호사였다. 그 옆에 송 간호사가 보였다. 언제나 시뻘건 립스틱으로 쥐 잡아먹은 듯한 입술이 두드러지는 여자였다. 입을 댄 컵과 그릇, 수저에는 립스틱이 묻어 있어서 설거지 난이도를 왕창 높여주는 여자다. 그 여자가 사용한 컵과 수저는 상을 치울 때 따로 신경을 써서 분류해놓아야 했고, 설거지할 때 립스틱 자국이 지워졌나 마지막까지 꼭 체크를 해야만 했다. 그래서 달림은 그 여자가 비호감이었다. 최 간호사와 송 간호사가 자꾸만 달림을 바라봤다. 뭔가 눈치를 챈 건가……? 땀이 삐질삐질 났다.

소변 검사를 하고 난 미루는 두 손을 모으고 있었다. 영락없이 기도를 올리는 모양새다. 먼저 했던 테스트가 잘못되었던 걸로 해주세요. 뱃속에 아기 같은 것은 아예 없었던 걸로 해주세요. 이렇게 빌고 있겠지. 달림도 간절히 바라는 바였다.

차례가 되어 원장실로 들어갔다. 책상 앞에는 빳빳하고 깔끔하게 다려진 오렌지빛 가운을 입은 남자 의사가 앉아 있었다. 살아 있네 살아 있어, 그 사람이었다. 퍼덕거리는 회를 보고 군침을 흘리던 기분 나쁜 얼굴을 코앞에 떡 만나고 보니, 달림은 정말로 도망치고 싶은 마음뿐이었다.

원장은 나른한 눈으로 곧 빈정거릴 듯 입을 열었다.

"임신입니다."

미루가 고개를 떨궜다.

"마지막 생리 날짜를 보니까, 십일 주 됐네. 초음파 한 번 해볼까요?"

원장이 달림의 선글라스를 빤히 보며 물었다. 달림은 얼떨떨하게 대답했다.

"네? 저, 제가 아니고요……."

미루가 다급하게 대답했다.

"아니에요. 안 할래요."

원장이, 아! 하고는 빈정거리는 미소를 지으며 말했다.

"나가시면 상담실 안내해드릴 겁니다. 일단 거기부터."

진찰실을 나오자마자 미루는 눈물을 터뜨렸다. 달림의 배꼽 안쪽에 갑자기 돌멩이가 꽉 들어찬 것처럼 답답해졌다. 단발머리 간호사가 복도 맨 안쪽 상담실로 가라고 했다. 미루를 따라 달림은 삐딱삐딱 상담실 안으로 들어갔다. 검은 뿔테 안경을 쓴 차가운 인상의 여자가 앉아 있었다. 식당에 올 때면 원장 바로 옆에 앉아 있던 간호사다. 감정이 없어 보이고 말수가 적은 사람으로 기억이 났다.

"학생이죠?"

미루가 입을 꾹 다물었다. 미루는 진찰 신청서를 쓸 때, 사촌 언니 것으로 다 적었는데 어떻게 알았을까? 그렇게 공들여 분장을 했는데……, 허무했다.

"얘, 학생 아니에요!"

달림이 대꾸하자, 대신 간호사가 달림의 얼굴을 빤히 바라보며 고개를 갸웃했다. 달림은 덜컹했다.

"보호자신가요? 어머니는 아닌 것 같고…… 언니세요?"

"네? 아니요? 네에."

땀이 삐질삐질 흘렀다. 간호사가 차갑게 물었다.

"어떻게 하실 건가요?"

"뭘요?"

"아기 지울 거죠?"

달림과 미루는 동시에 고개를 돌려 눈을 마주쳤다.

달림은 저도 모르게 부르댔다.

"지우다니요? 아기가 글자인가요? 막 지우게?"

간호사는 황당한 얼굴로 퉁명스럽게 물었다.

"아, 미성년자 아닌가요? 아기 낳을 거예요?"

간호사가 재촉하듯 물었고 미루가 울먹이면서 대답했다.

"모르겠어요."

간호사가 눈썹 사이를 짜증스럽게 모으고 달림을 다그쳤다.

"보호자 맞아요?"

달림은 선글라스를 올리고 턱을 삐죽 내밀고 깐깐한 미루 엄마의 목소리를 애써 흉내 냈다.

"같이 왔으면 보호자죠. 흥! 왜…… 왜요?"

간호사가 입맛을 쩝, 다시더니 고개를 삐딱하게 하면서 말했다.

"중절하는 거요. 보호자가 있어야 할 수 있어요. 아무하고나 온다고 다 수술할 수 있는 거 아니에요."

미루가 소심하게 대답했다.

"할지 안 할지 아직 모르겠어요."

간호사의 눈썹 사이 주름이 더 찌그러졌다.

"그럼 낳을지 지울지 결정하고 다시 와요. 너무 오래 고민하면 안 돼요. 조금 있으면 배도 불러올 거고."

간호사는 빠르게 말을 뱉고는 차트를 홀더에 끼워 정리했다. 상담실을 나오려는데, 간호사가 뒤통수에 대고 멘트를 마저 날렸다.

"아기 커지면 수술이 힘들어질 수도 있으니까 명심하고. 그리고…… 보호자를 못 데려오면 수술비가 더 올라가요."

보호자가 없이도 수술이 되긴 된다는 얘기였다.

달림은 혼 빠진 미루를 끌고 삐딱삐딱 후문을 나왔다.

"어떡하냐……."

달림의 넋두리 같은 물음에 미루는 대꾸도 없다.

"지울 거……, 아니."

지운다는 말은 아무래도 맘에 안 들었다.

"안 낳을 거야?"

"몰라. 모르겠어."

"아무래도 엄마한테 말해야……."

미루가 고개를 흔들었다.

"절대 안 돼. 그냥 죽어버릴래."

"그래. 그래. 알았어. 엄마에게는 말하지 말자. 일단 오늘은 쉬고, 내일 생각하자."

어떡해야 할까요, 길가는 사람이라도 붙잡고 물어보고 싶은 심정이었다. 달림의 배꼽 안쪽이 심하게 쿡쿡 쑤셨다.

"이럴 때 어른이 필요한 건가 봐."

달림은 어른이면서 의논해볼 만한 사람을 떠올리며 주워섬겨 보았다.

"네 엄마는 안 되고, 우리 엄마도 안 되고, 담임은 안 되고, 양호 샘도 안 되고, 상담 샘도 안 되고, 학원 샘은 남자고, 아비요 아저씨는…… 어때?"

"남자잖아."

"남자는 안 되냐? 그런데 가만히 보면 그 사람 남자가 아닌 것 같기도 했어."

미루가 고개를 흔들었다.

"만약에 내가 수술을 하면, 정말 못된 거겠지?"

"글쎄. 엄마는 원래 다 못된 거 아닌가? 네 엄마랑 우리 엄마랑 봐봐."

달림은 자기 입에서 나오는 억지소리 때문에 자꾸만 멍청해지는 것 같았다.

때로는 강렬한 꿈속 같은 시간을 겪으며

달림은 집에 돌아와 인터넷을 뒤졌다. '임신'이라는 글자와 '중학생'이라는 글자를 찍었다. 검색어에 '낙태'라는 단어가 눈에 들어왔다. 대한민국 낙태공화국, OECD 국가 중 낙태율 1위. 하루에 4천 2백 명, 한 시간에 175명의 아기들이 생명을 잃는다. 95.6프로 불법 낙태. 낙태 비용, 낙태 가능한 병원, 낙태 가능 시기, 낙태한 연예인, 낙태 후 몸관리, 낙태 금지법, 낙태 후유증, 낙태 찬반, 낙태 방법, 낙태 산부인과, 낙태 약, 낙태 실태, 낙태 반대 운동연합. 인공유산, 임신중절, 소파술, 흡입술……. 낯선 단어들을 노려보노라니 머리가 빙빙 도는 것 같았다. 정말로 생각해본 적 없는 단어들이었다.

낙타도 아니고 낙태라니……. '낙태'의 '태'라는 글자에서 모음

'ㅣ'를 빼면 낙타가 되네? 낙타…… 언젠가 낙타를 꼭 타보고 싶었는데. 갑자기 낙타가 보고 싶었다. 낙타 피규어를 만들어볼까? 멋지게 잘 만들 수 있을 것 같았다. 자꾸만 다른 생각으로 도망치려고 하는 정신을 부여잡고, 다시 검색에 몰입했다.

뱃속에 있는 아기 그림들과 초음파라는 기계를 통해서 찍힌 희끄무레한 태아 사진들을 봤다. 얼핏 피규어들과 닮아 보였다. 달림은 제 방 안에 오도카니 서 있는 피규어들을 가만히 바라보며 중얼거렸다.

"얘들아. 난 말이야, 모든 생명이 다 축복받고 태어나는 줄 알았어. 우리 미루랑 아기랑 어떡하냐?"

피규어들은 아무 대답이 없었다.

누군가 낙태 과정을 그림으로 그려 올려놓았다. 낙태 기구로 몸이 차례로 잘려 조각나는 태아의 모습은 정말 보기 힘들었다. 달림은 울고 싶었다.

집 옆에 있는 오렌지 병원이 떠올랐다. 후문에서 나오며 비틀비틀 걸어가던 한 여자의 얼굴이 떠올랐다. 금방이라도 쓰러질 것처럼 해쓱했던 그 얼굴이 머릿속에 떠올랐다. 자리에 누워도 쉽게 잠이 오지 않았다.

겨우 잠이 들고 꿈을 꾸기 시작했다. 달림은 캄캄한 밤에 오렌지 병원 뒤쪽을 지나는 중이다. 병원 위쪽 입원실 창문에서 은은한 실내등 불빛이 새어나온다. 오렌지빛 건물은 어둠에 물들어 칙칙한 황토빛으로 변해 있다. 병원 뒤 바깥 길로 걷는데 줄무늬 고양이가 앞을 가로질러 어딘가로 걸어간다.

줄무늬 고양이는 유정식당에 찾아와서 그 뽀시락 소리를 내며 음식물 쓰레기를 뒤지던 고양이다. 길고양이치고 제법 살갑게 구는 녀석이었다. 달림은 녀석에게 줄무늬라는 이름을 붙여주고 밥정을 붙였다. 생선 찌꺼기도 챙겨주고 과자도 나눠 먹고 그랬다. 그러던 어느 날, 줄무늬는 인사도 없이 슬그머니 사라졌다. 매정한 녀석이 섭섭하고 보고 싶을 때면 배꼽 안쪽이 꽁꽁 뭉쳤다.

꿈 속에서 달림은 반가운 마음에 줄무늬 뒤를 쫓아 간다. 줄무늬 녀석, 만나면 혼내줄 거야. 중얼거리면서.

병원의 낮은 담장처럼 둘러친 화단 위로 고양이가 걸어간다. 달림은 무작정 뒤를 쫓았다. 병원 뒤쪽 맨 구석쯤, 지하 계단 아래 문이 열린 틈으로 고양이가 후다닥 뛰어 들어간다.

달림은 고양이 뒤를 쫓아 지하 계단을 내려간다. 지하실 안에는 알 수 없는 역한 냄새와 습한 공기가 가득 들어차 있다. 달림은 휴대폰을 열어 화면에서 나오는 빛으로 지하실 안을 둘러본다. 고양이는 어디로 숨었는지 보이지 않는다. 지하실은 그다지 넓지 않다. 한쪽 벽에 네모난 철제 박스가 보인다. 달림은 박스 위에 놓인 무거운 덮개를 들어올린다. 박스 안은 캄캄해서 거의 보이지 않고 진한 피냄새가 훅 올라온다. 휴대폰 화면 빛을 박스 안쪽에 비추자 무언가 보였다. 붉은 핏빛으로 얼룩진 살덩어리. 자세히 들여다 보니 작은 아기들의 조각난 몸이었다.

달림은 덮개를 닫고 달아나듯 지하실을 빠져나왔다.

꿈은 계속 되었다. 작은 피규어가 절벽 낭떠러지에 매달려 있다. 피규어는 꼬무락 움직인다. 작고 가느다란 손가락으로 굵은 밧줄을 잡고 있다. 손가락은 투명하다. 밧줄은 점점 흔들리다가 끊어질 듯 가늘어진다. 점점 가늘어진다. 아기가 눈을 반짝 뜬다. 그 눈이 달림을 마주 본다. 크고 까만 눈동자가 별빛처럼 반짝거린다. 밧줄이 끊어지고 작은 피규어만 한 아기는 파란 공중을 난다. 가볍게 몽실몽실 날아오른다.

악몽을 꾼 뒤 달림은 며칠을 멍한 상태로 보냈다. 꿈은 현실이었던 것처럼 아니, 그보다 더 강력하게 달림의 뇌를 지배했다. 조각난 살덩어리 형체가 눈꺼풀에 들러붙은 듯했다. 겨우 학교에 다니고 겨우 밥을 먹고 겨우 잠을 잤다.

얼음장 같은 현실을 건너간다

미루는 수술을 결심했다. 다음에는 돈이 문제였다. 수술비를 마련해야 하는 일은 간단하지 않았다. 달림은 피규어를 사려고 모으던 돈을 보탰고, 지평이도 돈을 보탰다. 하지만 어림도 없었다. 아는 애들에게 구걸 문자를 했다.

돈 좀 빌려주면 이 은혜 평생 잊지 않을게.

스무 명도 넘게 보낸 중에 두 명만 답 문자를 보내왔다. 그나마 빌려줄 수 있는 돈이 만 오천 원, 이만 팔천 원…… 이랬다. 한 명은 늦게 문자가 왔는데, 자기 게임보드를 오만 원에 팔아주면 이만 원 빌려주겠다고 했다. 아, 참 쉽지 않은 세상이다.

다음 날부터 돈을 긁어모으는 일에 돌입했다. 미루는 가발, 고데기, 코스프레 옷과 구두, 명품 지갑을 코스프레 전문점에 갖다 팔았다. 지평이는 스파이더맨을 친구에게 팔기로 했다. 달림은 지평에게서 선물 받은 호빗 피규어를 팔까 싶었지만, 지평이 너무 섭섭해할까 봐서 차마 그럴 수가 없었다. 사실 아까워서 팔고 싶은 생각은 없었다. 엄마에게 용돈 일 년 치를 가불해달라고 할까, 했지만 삶은 호박에 이빨도 안 들어갈 소리다. 그렇다고 삐딱이를 팔 수도 없고……, 막막하고 또 막막했다.

그러던 중 보석가게 앞에 세워놓은 간판에, '금이빨 삽니다'라는 글자를 보고 반짝 아이디어가 생각났다. 엄마가 쑤셔 넣어둔 시커매진 은반지를 슬쩍했다. 하지만 그건 정말 어처구니없게도 만 원도 안 되는 가격이었다.

그다음 생각난 것은 언니. 언니에게는 푼푼히 저축해놓은 돈이 꽤 있을 거라고 알고 있다. 하지만 쉽게 말이 꺼내지지 않았다. 공부밖에 모르는 범생 언니가 미루의 처지를 이해해주고 선뜻 돈을 빌려줄까? 하지만 다른 뾰족한 수가 없어 결국 입을 열었다.

"언니. 돈 좀 빌려줘. 많을수록 감사. 엄마에게는 비밀로 해 줘."

언니는 지레짐작으로 몰아붙였다.

"무슨 사고 친 거야?"

"그냥…… 쓸 데가 있어."

"어디에 쓸 건지 말해. 비밀은 지킬 테니까."

달림은 사정을 얘기했다. 인정 많은 언니에게 기대를 걸었지만 반응은 의외였다. 언니는 자기 동생 일이라도 되는 것처럼 화들짝 놀랐다. 눈동자가 흔들리고 목소리마저 떨렸다.

"넌…… 그 일에서 빠졌으면 좋겠다."

"뭐?"

"어차피 그 친구의 인생이야. 그 애가 헤쳐 나가야 할 인생이라고. 그 누구도 이래라저래라 할 수 없어."

너무 냉정하게 말을 하는 언니 때문에 달림은 화가 났다.

"만약에 언니가 미루의 입장이라고 생각해봐."

"뭐? 내가?"

언니 얼굴에 핏기가 가시더니 목이 메인 듯 꺼칠한 소리가 나왔다.

"내가 그 애라면…… 아무도 간섭하지 못하게 할 거야. 내 인생이니까."

달림은 벌떡 일어나 언니 방을 나왔다. 언니의 말도 틀린 말은 아니지만, 위기에 처한 친구를 모른 척하라는 언니가 섭섭하기만 했다.

결국 직접 돈을 벌기로 마음먹었다. 지평이 선배들을 통해 알바거리를 소개받았다. 할 일은 동물 탈을 쓰고 길거리에서 홍보 전단지를 돌리는 일이다. 대부분 기피하는 알바라서 그런지 다행히 자리가 있었다.

달림과 미루와 지평은 시내 건물 지하 주차장 구석에 있는 홍보회사 사무실로 갔다. 실내에는 오래된 땀 냄새가 꾸리꾸리 배어 있었다. 시급은 아주 싸고 일은 힘들고, 온몸에 땀띠 범벅은 각오해야 하는 일이다. 웬만큼 급하지 않고서야 별로 하고 싶지 않은 일이었다. 사무실 구석에는 곰, 토끼, 고양이, 호랑이, 개……. 먼지 범벅에다 독한 냄새가 밴 동물 탈들이 쌓여 있었다. 여드름투성이인 사장은 삼총사를 보자 얄밉게도 시급을 후려쳤다. 사천백 원.

"너무 짜요."

"싫으면 하지 말든가. 대학생들이 이거 하려고 줄 서 있는데, 니들이 돈이 급한 거 같아서 일 시켜주는 거야."

게다가 까다롭기까지 했다. 사장은 달림을 마땅찮은 눈으로 훑어보며 중얼거렸다.

"춤도 좀 추고, 애교도 많아야 하는데…… 참."

달림은 비위가 확 상해서 당장 자리에서 일어났다. 미루와 지평도 엉거주춤 따라 일어나자 사장이 불쌍한 얼굴로 엄살을 떨었다.

"사실…… 요즘 장사가 너무 안 돼서 그래. 잘 되면 다음에는 오천 원씩 줄게. 팍팍 주고 싶은데 못 주는 내 심정이 찝찝하다."

달림은 찝찝 정도가 아니라 바닷물을 머그컵으로 떠서 원샷 하는 맛이었다. 일을 할 생각이 별로 안 들었지만, 그래도 미루를 생각해서는 다른 방법이 없었다. 그저 냉정한 현실이 슬프기만 했다.

일단 일을 하기로 작정을 하고 나니, 그래도 셋이 열심히 벌면

돈을 좀 모을 수 있을 것 같은 희망이 꿈틀거렸다. 바로 일을 시작했다. 미루는 곧 죽어도 토끼가 좋다며 토끼 탈을 쓰고는 거울을 보더니 무척 만족한 눈치였다. 깡충깡충, 토끼 흉내를 내며 좋아라 하는 꼴이 또 현실을 망각한 게 분명했다.

"너, 토끼 탈 써보고 싶었었지? 그래서 지금 신나지?"

"어떻게 알았어?"

달림이 길게 한숨을 쉬자, 옆에서 지평이 성인군자같이 말했다.

"이리 단순한 게 미루의 장점 아니겠냐."

지평은 곰 탈을 쓰고 달림은 개 탈을 썼다. 토끼와 곰과 개로 변신한 세 아이는 거리로 나섰다. 근처에 오픈하는 치킨집 앞에서 홍보 전단지를 나눠주는 일을 시작했다. 얄미운 사장은 음악 소리를 크게 틀어주며 몸을 많이 흔들어주라는 추가 주문까지 하고 돌아갔다. 세 아이는 열심히 흔들고 열심히 나눠줬다. 시작한 지 오 분도 안 돼 땀이 나고 몸에 이상이 왔다.

"아오! 근지러워."

저절로 삐져나오는 비명 소리가 탈 안쪽에서 메아리쳐 귀로 울렸다.

아후! 정말! 인생 힘들다.

늘 똑같아 지루하다고 불평했던 일상이, 한순간 롤러코스터 탄 것처럼 어지럽기만 했다.

미루의 복잡한 문제가 터진 다음부터, 심플했던 달림의 뇌는 터질 것만 같았다.

그나마 인형을 만들 때면 뇌도 마음도 고요해졌다. 새로 시작한 인형 만들기는 그럭저럭 진도를 빼고 있었다. 벌거벗은 하얀 인형 몸뚱이를 손에 들고 한참을 들여다보니 그 위에 자연스럽게 노랑 모자 꼬마가 떠올랐다. 점토는 단단하게 잘 굳어져 있었다. 사포질로 인형의 몸을 매끄럽게 다듬었다. 그리고 관절들이 들어가야 하는 곳을 잘라내고 연결하는 작업을 했다. 목과 팔과 다리 관절들이 그리 유연하지는 않지만 나름 괜찮게 움직여주었다. 잘 만들어질 것 같은 좋은 예감이 들었다.

역시, 나는 인형 작가가 될 소질이 있어. 뿌듯해.

4부. 넓고 넓은 바닷가에

꼭꼭 숨어 있는 동굴이 있고

주말, 달림은 동네 마트에 나갔다 멀리 노랑모자를 얼핏 보았다. 태권도복을 입은 아이들이 무리 지어 있는 사이에 끼어 있었다. 교복을 찾게 되었다고 생각하니 다행스러웠다. 달림은 노랑모자를 놓칠까 봐서 서둘러 다가갔다. 노랑모자는 동네 아이들이 떡볶이 먹는 모습을 바라보며 입맛을 다시고 있었다. 추접스럽게 남 먹는 거 보고 껄떡거리고 있는 폼이 영락없이 엄마 없는 애였다. 귀신 놀이터에서 처음 봤을 때, 엄마? 하고 물었던 노랑모자의 모습이 새삼 떠올랐다. 가만히 생각해보니 엄마 얼굴도 모르고 있었던 것 같았다. 언제부터 엄마를 못 본 것일까?

아이들이 노랑모자를 보며 쑥덕거렸다.

"거지인가 봐, 그치?"

노랑모자가 떡볶이 컵을 든 한 아이 옆에 따라붙더니 떡볶이 하나를 덥석 낚았다.

"어? 이 거지 새끼가."

입 안으로 떡볶이를 밀어 넣던 노랑모자의 손을 덩치 큰 남자아이가 철퍼덕 내리쳤다. 떡볶이가 바닥으로 떨어졌다. 노랑모자의 하얀 얼굴에 떡볶이 양념이 범벅이 되었다. 노랑모자는 땅에 떨어진 떡볶이를 주워서 입으로 넣었다. 그리고 오물거리다가 켁켁, 뱉었다.

아이들이 으에헤헤…… 놀리듯 웃었다.

"진짜 거지야."

"더러워."

파란 띠를 맨 아이가 노랑모자에게 옆차기를 하면서 소리쳤다.

"저리 가! 거지야."

달림은 급하게 다가서서 발길질하는 파란 띠 발에 제 발을 턱, 걸었다. 파란 띠가 씩씩, 불만스러운 표정을 지었다. 달림은 아이를 매섭게 노려봤다.

"어린 아기를 발로 차면 쓰나?"

노랑모자가 달림을 알아봤다.

"뒤뚱뒤뚱!"

노랑모자는 고추장 양념이 빨갛게 묻은 입으로 활짝 웃었다. 반달 모양 눈에 눈물이 그렁그렁 매달려 있었다. 아이들이 투덜거리며 멀어져 갔다. 노랑모자의 얼굴과 손을 닦아주는데 목구멍이 메어오고 배꼽 안쪽이 아려왔다.

"여기서 왜 이러고 있어? 누나가 떡볶이 많이 사줄게 가자."

노랑모자가 얼굴을 찌푸리며 고개를 저었다. 맛없었던 모양이다. 그러고는 손가락을 내밀며 인사했다.

"툭툭툭."

슬픈 소리였다. 달림도 손가락을 맞추고, "툭툭툭" 했다.

달림은 서둘러 궁금한 걸 물었다.

"누나 옷 어딨어?"

"보풀 집에."

노랑모자는 천연덕스럽게 대답했다. 달림은 오늘만큼은 교복을 찾고야 말겠다고 결심했다.

"그거 누나네 집에 갖다놓으라고 했잖아? 오늘은 꼭 찾아야 해. 재수 없으면 운동장 아홉 바퀴 뛰어야 한다구. 그다음은 열두 바퀴고……. 얼른 네 집에 가자."

노랑모자는 달림의 손가락을 꼭 쥐고 순순히 걷기 시작했다. 이때 아기를 안은 엄마가 맞은편에서 걸어왔다. 노랑모자는 오뚝, 멈춰 섰다. 그러고는 아기와 엄마를 뚫어져라 바라보았다. 가만히 보니 부럽다는 눈치다.

"얼른 가자. 누나 옷부터 찾아야 해."

달림이 억지로 끌어당기자 노랑모자는 눈을 떼지 못해 고개를 뒤로 젖히면서 끌려왔다. 혹시나 하고 물었다.

"보푸라기야. 엄마 아직도 집에 안 오셨어?"

"엄마?"

아이는 눈을 동그랗게 뜨고 잠깐 생각하는 것 같더니 고개를 살살 흔들었다. 그러고는 달림의 손가락을 놓더니 주머니에 손을 넣고 건들건들 걷기 시작했다. 무척 우울해 보였다.

"집에 엄마 안 계셔?"

"그러니까 엄마 기다리고 있잖아? 내가."

까칠하게 대답했다.

아직도 엄마를 기다리고 있다니, 이 아이의 엄마는 아무래도 애를 버렸나 보다.

"그럼 집에는 누가 있는 거야?"

"보풀들."

"보푸라기들이 또 있구나?"

"그리고 슈가맨도 살아."

"슈가맨은 누구야?"

"그냥 슈가맨이야."

그냥 슈가맨이라……, 어쨌든 집에 가보면 알겠지.

노랑모자는 기분이 좀 괜찮아졌는지 다시 슬그머니 달림의 손가락 하나를 꼭 쥐었다. 아이의 손은 또 차가웠다. 그래. 엄마를 기다리고 있다면, 많이 보고 싶다면 이렇게 손이 차가워지도록 춥겠지…….

달림은 아이의 말랑말랑한 작은 손을 손 안에 꼭 쥐고 조몰락조몰락했다. 따뜻해져라 따뜻해져라…….

달림은 노랑모자 속도에 맞춰 천천히 걸었다. 바다 쪽에서 시원한 바람이 불어왔다.

노랑모자가 앞장서 간 길은 달림이 잘 아는 길이었다. 귀신 놀이터로 올라가는 길.

“아하! 이 골목에 살고 있었어? 그래서 저 놀이터에서 놀았구나?”

골목은 적막했다. 노랑모자는 대답도 없이 고불고불 골목길을 잘도 걸어 올라갔다. 그러더니 귀신 놀이터까지 갔다.

“놀이터가 집일 리는 없고, 보푸라기. 도대체 집이 어디야? 아하, 놀이터에서 놀다 가자고?”

노랑모자는 겨우 입을 뗐다.

“조금만 더 가면 돼.”

노랑모자는 놀이터 구석으로 가더니 나무 수풀 안쪽을 가리켰다. 놀이터를 둘러싼 빽빽한 나무들과 수풀 사이에 틈이 나 있었다. 노랑모자는 그 틈 안으로 쏙 들어갔다. 낮은 숲 사이로 돌계단 길이 바다 쪽을 향해 이어져 있었다. 노랑모자는 돌들을 밟고 걸었다. 아! 여기에 이런 길이 있었어? 달림은 신기해하며 따라 걸었다. 돌길이 끝나자 집채만 한 쓰레기더미가 앞을 가로막았다. 바다에서 밀려온 고무 튜브나 나무조각, 빈병, 스티로폼 상자, 그물들이 산더미처럼 쌓여 있었다. 쓰레기더미 위에 있던 바닷새들이 꾸룩꾸룩 날아올라 공중에서 뱅뱅 돌았다. 슬슬 의심이 들기 시작했다.

"보푸라기, 정말 집에 가는 거 맞니?"

노랑모자는 대답도 없이 쓰레기더미 틈 사이로 거침없이 들어갔다. 겉에서는 쓰레기들이 마구 쌓여 있는 것 같았는데, 안쪽을 보니 그렇지 않았다. 페트병과 스티로폼, 플라스틱들이 질서 정연하게 블록처럼 쌓여 담장을 이루고 있었다. 사람 하나 지나다닐 만한 공간이었다. 바닥에는 야생풀들이 납작하게 눌려져 사람이 밟고 다닌 흔적을 보여주고 있었다.

아무래도 이상해. 이런 곳에 사람이 사는 집이 있을까? 설마.

노랑모자는 어정쩡하게 서 있는 달림에게 손짓을 했다. 손바닥을 위로 올리고 접었다 폈다, 빨리 오라는 신호 같았다. 강아지나 고양이를 부를 때 주로 사용하는 손짓이었다. 피식, 웃음이 나왔다.

쓰레기로 만든 블록 사이를 따라 걷다 보니 생각보다 그리 혐오스럽지 않았다. 쓰레기더미가 끝나는 곳에는 커다란 바위 무리가 보였다. 어른 키보다 큰 츠렁바위 틈 사이로 걸어 들어갔다. 다시 의심이 발동됐다. 이런 곳에 사람 사는 집이 있을 리가 없어.

보푸라기야, 하고 부르자, 노랑모자는 슬쩍 고개만 돌리는 듯하더니 내처 걷기만 했다. 바위 무리를 벗어나는 곳에 바다가 나타났다. 잔잔한 파도가 모래사장으로 밀려왔고, 금방 지나온 바위들이 병풍처럼 해안을 가려주고 있었다. 그 바위들 뒤쪽으로 쭉쭉 뻗은 해송들이 또 바위를 가려주는 모양새였다. 바깥 해안도로에서 상상도 할 수 없는 꼭꼭 숨겨진 듯한 위치였다.

"우와! 여기 정말 좋다."

달림은 저도 모르게 큰 숨을 들이쉬었다. 바다 냄새와 섞인 나무 냄새가 좋았다. 마음이 살살 풀어지더니 마냥 쉬고 싶다는 생각이 들었다. 그럼 행복할 것 같았다. 달림은 감동에 겨운 목소리로 부드럽게 물었다.

"이런 곳을 어떻게 알았어?"

노랑모자는 해죽 웃더니 커다란 바위 두 개가 맞붙어 있는 곳을 돌아 사라졌다. 뒤따라가 보니 노랑모자의 키만큼한 구멍이 뚫린 동굴이 있었다. 노랑모자는 동굴 안으로 차박차박 걸어 들어갔다. 달림은 허리를 접어 따라 들어가면서 걱정을 늘어놓았다.

"보푸라기. 그나저나 집에는 언제 가려고?"

그러다, 우와! 입이 벌어졌다. 동굴 속의 신비하고 웅장한 모양에 깜짝 놀랐다. 동굴 안에 달림의 탄성 소리가 왕왕, 울렸다.

동굴 안은 넓었다. 입구만 좁을 뿐 안쪽은 둥근 돔모양 천장이 제법 높았다. 바닥은 교실 몇 개 합친 것만큼이나 넓었고, 천장 어디선가 뚫린 틈으로 햇빛이 들어오고 있어 그리 어둡지 않았다.

공기는 푸근하고 부드럽고 축축하고 비릿했다. 동굴 바닥 가운데쯤 동그랗고 아담한 호수가 보였는데, 그 호수를 초승달 모양의 고운 모래톱이 감싸고 있었다. 신비로웠다. 천장 구멍으로 들어오는 햇볕 때문일까? 잔잔히 일렁거리는 호수 물빛은 투명한 보석 같았다. 영롱한 초록빛과 우아한 푸른빛이 섞인 듯 만 듯한 빛깔이었다. 호수 바닥의 모래와 자갈들이 훤히 들여다보이고, 바다로 이어진 듯 구불구불한 물길을 따라 바닷물이 드나들고 있는 게 보였다.

얼 빠져 있는 달림을 노랑모자가 흔들었다.

"여기가 보풀 집이야."

"집이라고? 여기가?"

달림은 고민됐다. 믿어야 할지 말아야 할지. 집에 대한 고정관념을 깨고 다르게 생각해보려고 해도, 쉽게 받아들여지지 않았다.

그곳에는 모자를 뜨는 슈가맨이 있고

노랑모자는 동굴 한쪽에 방처럼 보이는 우묵한 공간으로 달림을 끌고 갔다. 천장 높은 곳에서 쏘이는 햇빛 아래, 누군가가 앉아 있었다. 노랑모자가 그 사람에게 달려갔다.

"슈가맨!"

슈가맨이라는 사람이 고개를 들었다. 할아버지였다. 할아버지는 손에 들고 있던 걸 내려놓고 두 팔을 벌려 노랑모자를 안았다. 그러고는 양손으로 노랑모자의 얼굴을 받쳐 들고 찬찬히 뜯어봤다. 요리조리 돌려보고 어깨와 팔을 더듬고 다리까지 만져보았다. 그리고 안심한 듯 활짝 웃으며 노랑모자의 머리를 농구공 드리블하듯 두덕거렸다. 가만히 보니 아이를 엄청 걱정하면서 기다리고 있었던 것 같았다. 그런데 왜 어린아이를 혼자 밖으로 내보냈을까? 저, 슈가맨이라는 사람.

"잘 놀았어?"

"응."

할아버지는 그제야 뒤따라 들어온 달림을 보고 눈을 크게 떴다.

"누구신지?"

"아, 안녕하세요."

할아버지의 모습은 독특했다. 긴 머리카락에 짙은 바다색 실로 뜬 모자를 쓰고 있었다. 노랑모자가 쓴 것과 같은 모양이었다. 호리호리하게 마른 몸은 곧고 단단해 보였다. 주름이 많은 얼굴에 창문틀같이 네모반듯한 안경을 썼는데, 정말로 작은 창문을 떼어다가 쓴 것처럼 작은 손잡이가 달려 있었다. 노랑모자가 달림을 소개했다.

"재가 그 애야."

"아하. 그래?"

내가 그 애라고? 노랑모자가 달림에 대해 이미 말한 모양이었다. 달림은 그게 무슨 내용일지 궁금했다. 할아버지가 허허! 웃으면서 자신의 가슴에 손을 올려 가리켰다. 허달림, 이름표가 붙어 있었다.

"헉! 내 교복."

낯선 남자가 자신의 교복을 입고 있을 줄 상상도 못했다.

"그, 그거 제 옷……."

"파하하하!"

할아버지가 크게 웃으면서 고개를 조금 숙여 인사를 했다.

"옷을 줘서 정말 고마워요. 나한테 꼭 맞아."

그러고 보니 교복이 할아버지의 몸에 신기하게도 맞았다. 달림이 원래 떡대가 좋기는 했지만 남자 어른만큼은 아닐 거라고 생각했었다. 아마도 할아버지 몸집이 심하게 말라서 그런 거라고 애써 생각하기로 했다.

"그런데 그 옷은요……."

달림이 우물거리자, 할아버지는 옷맵시를 정리하고는 한 바퀴 뱅그르르 돌았다.

"어때? 잘 어울리나?"

"네? 아!"

달림은 더 이상 상황이 꼬이기 전에 교복을 찾아야 한다고 생각했다.

"제 교복인데요……."

"아하! 그래서 이름표가 붙어 있었군. 교복이면 중요한 옷일 텐데 이렇게 선물해주다니, 맘씨가 정말로 고운 사람이구먼. 참말로 고맙소. 나는 슈가맨이라고 하오."

슈가맨이라는 할아버지가 손을 내밀어 악수를 청했다. 할아버지의 손은 거칠고 따뜻했다. 웃고 있는 할아버지의 얼굴은 착한 천사처럼 보였다. 남자 천사는 한 번도 상상해본 적이 없었지만 웬일인지 그래 보였다. 달림은 교복을 돌려달란 말을 차마 할 수가 없어 애꿎은 입술만 깨물었다.

노랑모자가 명랑한 목소리로 말했다.

"얘가 엄마 찾아준대."

슈가맨이 말없이 웃으며 고개만 끄덕끄덕했다. 노랑모자는 탁자 위에 있는 꿀단지 같은 갈색 항아리를 손가락으로 가리켰다. 슈가맨은 항아리 뚜껑을 열어, 알 수 없는 가루를 숟가락으로 퍼냈다. 여러 가지 색깔이 알록달록 섞인 모래같이 보였다.

노랑모자가 새끼 새처럼 입을 벌렸다. 슈가맨은 그 가루를 노랑모자의 입에다 톡톡 털어 넣어줬다. 노랑모자는 오물오물거리면서 동굴 한쪽에 사람이 겨우 드나들 만한 작은 구멍 속으로 걸어들어갔다. 슈가맨은 달림이 궁금해하는 걸 알았는지 친절하게 말했다.

"이건 우리 아이들이 먹는 설탕이고, 나는 아이들에게 설탕을 주는 사람이오. 그래서 아이들이 나를 슈가맨이라고 부르지."

슈가맨은 알록달록한 설탕을 퍼서 달림에게 내밀었다.

"한입 하시오."

달림은 입을 다물고 고개를 저었다. 가루의 정체를 무턱대고 믿을 수 없어서였다. 슈가맨은 달림에게 내밀었던 설탕을 자기 입에다 털어 넣고 우물거렸다.

달림은 제 교복을 바라보았다. 교복을 입고 있는 할아버지의 모습이 이상하게도 자연스러웠다. 원래 이 사람의 옷이 아니었나 싶을 정도로. 게다가 귀여워 보였다. 슈가맨이 시선을 의식하고는 어깨를 으쓱하며 교복을 입은 모습을 한 번 더 뽐냈다. 일단, 지금은 교복을 돌려달라고 말할 타이밍이 아닌 것 같았다.

슈가맨은 방 안쪽 낮은 탁자로 가서 작은 의자에 걸터앉았다. 그러고는 앙상한 다리를 모으고 바구니 하나를 무릎에 올려놓았다. 그러고 보니 탁자와 의자, 몇 개 놓여진 가구들이 모두 작았다. 노랑모자만 한 아이들에게나 적당해 보이는 크기였다. 그래서인지 슈가맨은 조금 불편해 보이기도 했고, 반대로 익숙해 보이기도 했다.

슈가맨이 자랑스러운 얼굴로 뭔가를 손에 들었다.

"이것 좀 볼래?"

"우와! 모자네요?"

노랑모자가 쓰고 다니던 것과 같은 모양의 모자들이 갖가지 색깔로 바구니 안에 담겨져 있었다.

"정말 예뻐요."

슈가맨이 흐뭇하게 웃었다. 탁자 옆으로 알록달록 여러 가지 실과 모자들을 담은 바구니들이 가지런히 놓여 있었다. 마음이 따뜻해지는 풍경이었다.

슈가맨은 바구니 안에서 반쯤 뜬 하얀색 모자를 꺼내 뜨개질을 시작했다. 할아버지가 뜨개질을 한다……. 신기했지만 그리 어색해 보이지 않았다.

슈가맨이 달림을 넘겨다보며 물었다.

"우리 애에게 엄마를 찾아준다고?"

"네? 네. 저는 혹시나 미아인 줄 알았어요. 미아신고센터에서 엄마를 찾아주거든요. 그래서 거기 데려다주려고 했어요."

"흠……."

반응이 싱거웠다.

"보푸라기는 미아는 아닌가 봐요? 여기는 고아원인가요?"

"흠, 그럴 수도 있겠군."

슈가맨은 알쏭달쏭한 대답을 던지고는 뜨개질에 몰두했다. 깡마른 손가락은 능숙했다. 바구니 안에서 하얀 실이 슈가맨의 손가락을 타고 쉬지 않고 올라왔다. 바늘을 넣고 실을 감아 코를 빼고 다시 바늘을 넣고 실을 감아 코를 빼고……. 매우 정확한 리듬을 타고 있었다. 경탄스러웠다. 조금 지나자 슈가맨의 머리가 점점 아래로 수그러들기 시작하더니 얼마 안 되어 목이 거의 기역자로 접혔다. 불편해 보였다. 하지만 슈가맨은 쉬지 않고 뜨개질에 몰두했다. 그 모습이 경건해 보이기까지 했다. 이 사람은 왜 이렇게 열심히 모자를 짤까? 달림은 무척 궁금해졌다.

"날씨가 별로 춥지 않은데도 보푸라기가 모자를 꼭 쓰고 있더라구요?"

“응. 추워서라기보다, 우리 보풀들은 꼭 써야 하거든.”

“아. 보풀들요. 보푸라기가 자기를 보풀이라고 하더라구요?”

슈가맨이 고개를 끄덕였다.

“다른 보푸라기, 아니 보풀들은 어디 있어요?”

슈가맨은 동굴 안쪽을 턱짓으로 가리켰다.

“이 모자는 보풀들을 보호해주는 모자야. 엄마 같은 거라고나 할까?”

“그래요? 특별한 모자였군요?”

슈가맨은 쉬지 않고 계속 뜨개질을 했다.

“뜨개질을 정말 잘하세요.”

“음, 뜨개질을 잘해서 보풀모자 뜨는 사람으로 뽑혔어.”

슈가맨 어깨가 으쓱 올라가더니 자랑스러운 기색이 돌았다. 달림이 주저하며 말했다.

“저도 해보고 싶어요.”

슈가맨은 반가운 눈빛을 하고 웃었다.

“쉽게 보여도 우리 보풀 모자를 뜨는 건 아무나 할 수 있는 일이 아닌데…….”

“그래요?”

달림이 낙심한 얼굴을 하자, 슈가맨은 설탕 단지에서 설탕 한 숟가락을 퍼서 말없이 내밀었다. 달림은 조금 망설이다가 또 거절하기가 미안해서 입을 벌렸다. 가루는 거칠었지만 곧 사르르 녹았다.

아주 묘한 맛이었다. 슈가맨이 동그란 눈으로 달림의 반응을 궁금해했다.

"그냥 설탕이 아니네요? 고소하고 짭짤하고 상큼하기도 해요. 약간 비릿한 풀냄새가 나는 것 같기도 하고요. 뭐랄까? 언젠가 먹어본 맛 같기는 한데, 기억이 잘……."

신기하게도 목부터 시원한 기운이 꿈틀거렸다. 그 기운은 머리에서 목으로 팔과 다리에서 등으로, 배꼽까지 느껴졌다. 지난 며칠 동안 굳어 있던 근육이 조금씩 풀어지는 것 같았다.

달림이 눈을 동그랗게 뜨자, 슈가맨은 친절한 웃음을 지었다.

"젖 맛 현미 맛 소금 맛…… 엄마의 맛이야."

"아! 엄마의 맛이요?"

슈가맨은 실뭉치가 든 바구니와 바늘을 달림에게 줬다.

"자, 뜨개질 해볼까?"

달림이 빨강 실뭉치를 골라 들자 슈가맨이 뜨는 법을 가르쳐주려고 했다.

"자, 따라서 해봐. 이렇게 코를 만들고……."

"저도 짜봤어요. 몇 코쯤 할까요?"

"오, 그래? 한 칠십 코쯤."

달림은 금세 코를 만들고 첫 단을 떠올렸다. 슈가맨이 흐뭇하게 건너다보았다.

"제법 잘하네."

달림은 얼마 만에 들어보는 칭찬인지, 기분이 좋아서 금방이라도 모자 하나를 뚝딱! 짜낼 수 있을 것 같은 자신감이 들었다.

"이 모자는 시간을 담아주는 모자야. 모자 안에 보풀들에게 필요한 시간을 담아줘야 해. 한 코 한 코 정성을 다해서."

슈가맨의 낮은 목소리가 은은하게 동굴 안을 흘렀다.

"네. 한 코 한 코 정성을 다해서요."

슈가맨이 뜬금없이, "여기, 참 좋지?" 물었다.

"네. 정말 멋진 곳이에요."

"여기가 어떤 곳인지 알고 왔나?"

"보푸라기가 자기 집이라고……."

달림은 고개를 들어 동굴 안을 둘러보면서 대답했다.

"그러니까 고아원이죠? 보푸라기가 엄마를 기다리던데, 엄마가 이곳에 맡기고 갔나요?"

슈가맨이 대답했다.

"이 동굴은 우리 보풀들의 아지트야."

"보풀들은 고아들을 말하는 건가요?"

슈가맨은 잠깐 생각하는 듯하다가 대답했다.

"고아가 아니야."

"그럼요?"

"에밀레 별에서 온 아이들이야."

"별……이라고요?"

슈가맨은 동굴 천장의 뚫린 곳을 향해 눈을 돌리고 말했다.

"저기, 아기들의 별, 에밀레 별이 있지."

"하늘에 떠 있는 별 말인가요?"

달림의 목소리가 꽤 높아졌다. 동굴 안이 웅웅 울렸다. 달림은 머리를 흔들어 정신을 가다듬으려 했다. 에밀레라는 아기들의 별은 외계에 있다. 보풀은 그 별에서 온 아이들이다. 그리고 보푸라기도 에밀레 별에서 온 보풀이니까…….

"에이! 그럼 보푸라기가 외계인이란 말예요?"

갑자기 오싹해졌다. 유에프오에 관심이 많은 지평이 보여줬던 피규어가 생각났다. 머리통이 동글 뾰족하고 눈이 큰 외계인. 지평은 아버지와 주왕산에 올라갔다가 내려오는 길에 날아가는 사발 모양의 비행 물체를 봤다고 흥분했었다. 그리고 어쩌다 가끔씩 하늘을 바라보며 유에프오를 발견하고 싶어 했다. 달림은 궁금해서 참을 수가 없었다.

슈가맨은 조금 뜸 들이다가 대답했다.

"보풀들은 지구 아이들이야. 어느 날 지구에서 에밀레로 옮겨갔을 뿐. 그냥 별에 사는 지구 아이들이라고 해두지."

달림은 불안해지기 시작했다. 노랑모자 꼬마를 아무 생각 없이 쫓아온 것부터 멍청한 일이었을지도 몰랐다. 달림은 일부러 호탕하게 말했다.

"에헤헤! 슈가맨 할아버지. 농담도 참."

만약에 도망쳐야 할지도 모른다는 생각이 들자 들어왔던 입구를 확인했다. 슈가맨은 달림이 불안해하는 걸 눈치를 챘다.

“허허…… 내가 지나치게 많은 걸 말했나 보다. 더 이상 놀라게 해서는 안 될 것 같아. 그만하자.”

슈가맨은 입을 꾹 다물고 다시 뜨개질에 매진했다.

어디까지 믿어야 하는 거지? 에밀레 별, 보풀이라는 아기들, 슈가맨 그리고 노랑모자 보푸라기……. 혼란스러웠다.

달림은 슈가맨이라는 사람의 얼굴을 찬찬히 뜯어보았다. 믿을 만한 사람인지 아닌지 한눈에 척 알아보는 재주라도 있었으면 좋겠다는 생각이 들었다.

동굴 천장 위로 뚫린 작은 틈새로 투명한 햇빛이 슈가맨의 마른 어깨 위로 떨어지고 있었다. 네모난 안경 너머 주름진 눈가 안의 눈동자가 깊게 빛났다. 푸른 바다를 닮은 눈빛이었다. 거짓이 없어 보였다. 작은 아이들을 위해 한 코 한 코 모자를 짜주는 할아버지, 이 사람은 최소한 거짓말을 하거나 나쁜 짓을 할 것 같지 않았다. 자신이 못 미더워하는 모습을 들킬까 봐 달림은 얼른 뜨개질에 속도를 냈다.

싸아아, 파도 소리가 가까이 들렸다. 노랑모자는 어디로 갔는지 기척이 없었다.

뜨개질은 생각보다 쉽지 않았다. 슈가맨도 가끔 고개를 들어 이리저리 몸을 움직여주었다.

슈가맨이 달림을 건너다보다 희미하게 웃으며 말했다.

"오늘은 그만하고, 우리 보풀 아기들 만나볼래?"

"아! 보풀 아기들이요?"

슈가맨은 설탕 단지를 두 손으로 받쳐 들고 일어났다. 슈가맨 뒤를 따라 동굴 입구 맞은편에 뚫린 작은 굴로 들어갔다. 동굴 속 좁은 길은 또다시 꼬불꼬불 어딘가로 이어져 있었다. 천장에는 보이지 않는 구멍이 있는지, 적당한 빛이 들어와 그다지 어둡지 않았다. 바닥에 깔린 푹신푹신한 이끼를 밟으며 걸어가다 보니 동굴 밖으로 나가는 듯한 구멍이 보였다. 곧이어 재재거리는 새소리 같은 것이 들리기 시작했다.

동굴 밖으로 나가자 바닷가였다. 황금빛 고운 모래밭이 천사의 날개자락처럼 둥글게 펼쳐져 있었다. 그 날개 안쪽 바닷물은 영롱한 녹빛을 띠고 잔잔히 출렁거렸다. 모래밭에서는 노랑모자보다 조금 작거나 큰 아이들이 갖가지 색깔 모자를 쓰고 놀이에 빠져 있었다. 머리를 맞대고 무언가를 들여다보는 아이, 재잘거리고 있는 아이, 모래밭에 오두카니 앉아 모래집을 짓고 있는 아이, 물풀들 사이를 물고기처럼 헤엄을 치는 아이, 엉덩이를 치켜들고 조개를 줍는 아이, 파도를 따라 뛰어다니다 넘어지는 아이, 새를 머리 위에 앉히고 뱅글뱅글 춤추는 아이…… 하나같이 모두 사랑스러웠다.

"귀여워! 귀여워!"

소리가 저절로 나왔다. 마치 미니어처 놀이터 같았다.

"우리 보풀들이야."

슈가맨은 뿌듯한 얼굴로 아이들을 가리켰다. 슈가맨을 본 아이들이 쪼르르 달려와 끌어안고 입을 맞췄다. 어디서나 볼 수 있는 할아버지와 손주 같은 모습이다. 무척 행복해 보였다.

슈가맨이 아이들을 하나하나 쓰다듬어주면서 뭐라뭐라 한마디씩 대화를 나눴다. 아이들이 갑자기 얌전하게 줄을 섰다. 그 줄이 하도 삐뚤삐뚤해서 달림은 웃음이 터졌다. 슈가맨은 들고 나온 설탕 단지를 들고 줄을 선 아이들에게 차례로 설탕을 먹이기 시작했다.

하얀 모자 쓴 애 한 입. 슈가맨 한 입. 파랑 모자 쓴 애 한 입. 슈가맨 또 한 입. 초록 모자 쓴 애 한 입. 그리고 또 슈가맨 한 입…….

아이들은 설탕을 받아먹고는 이리저리 흩어져서 다시 놀이에 빠져들었다. 달림은 한 아이 한 아이를 유심히 관찰했다. 별에서 왔다는 보풀 아이들은 전혀 외계인 같아 보이지 않았다. 놀이터나 유치원이나 동네 골목에서 뛰어노는, 영락없는 개구쟁이 아이들처럼 보였다. 금방이라도 엄마가 부르면 달려가서 엄마 품에 안겨 어리광을 부릴 것만 같았다. 짧은 다리로 뛰고 구르고 재재거리고 조그만 머리통을 맞대고 웃고……, 한참 보고 있으니 달림의 입에도 그 아이들처럼 자꾸만 웃음이 피었다. 정말 사랑스러운 인형들 같았다. 달림의 배꼽 안쪽이 말랑말랑 따뜻한 소용돌이가 쳤다.

달림은 조금 전까지 불안했던 마음이 싹 가셨다. 이렇게 예쁘고 착한 아이들이랑 이렇게 따뜻한 할아버지가 외계인이면 어때? 무엇보다 보푸라기가 외계인이라도, 뭐 어때? 별 상관이 없었다. 달림은 이미 이곳 보풀 아지트에 함빡 빠져들고 말았다. 달림은 자신의 좋은 느낌을 믿어보기로 했다.

넋을 잃고 서 있는 달림을 아이들이 발견했다. 그리고 하나둘 다가와 조금 떨어진 자리에 오뚝 서서는 달림을 관찰했다. 처음 보는 사람에 대한 호기심을 온몸으로 보여주고 있었다. 아이들의 눈빛은 이곳의 바닷물 빛처럼 맑았다. 그 눈빛들은, 무슨 말이라도 해보라고 재촉하는 것 같았다.

"안녕?"

달림이 멋쩍게 손을 흔들며 인사를 하자 아이들도 따라 인사했다.

"안녕."

"안녕?"

마치 아기 새들이 동시에 지저귀는 소리 같았다. 아이들이 갑자기 달림 앞으로 삐뚤빼뚤 줄을 서기 시작했다. 달림은 당황했다.

"어? 얘들아. 줄 서지 마. 난 아무것도 줄 게 없어."

아이들은 꼼짝 않고 달림을 뚫어져라 바라보았다.

"누구냐?"

맨 앞에 섰던 빨간 모자 아이가 새가 지저귀는 듯한 소리로 물었다. 역시 노랑모자처럼 반말이다.

"흠, 나는 노랑모자 보푸라기 친구, 아니 동네 누나라고 할까?"

"누나? 몇 살인데?"

"엄청 많다. 열여섯 살이다."

파랑 모자를 쓴 애가 불쑥 말했다.

"난, 오백 살인데."

얼씨구. 얘는 보푸라기 녀석보다 한술 더 뜨는데?

달림은 어이가 없어 푸시시식, 웃음을 터뜨렸다. 아이들은 달림에게서 흥미를 잃었는지 고개를 싹 돌리고는 다시 여기저기로 흩어졌다. 그러고는 웅성웅성, 달림이 알아들을 수 없는 소리들을 주고받았다. 아오아야맘마 우에아바아부부……. 아기들 옹알이 소리 같았다.

보풀 아지트라는 동굴을 떠나오려니 달림은 무척 아쉬웠다. 완성하지 못한 모자를 바구니에 담고, 슈가맨에게 또 오겠노라고 인사를 했다. 노랑모자와 왔던 길을 되짚어 걸었다. 마지막 돌계단을 밟고 올라서자, 차르르 나뭇잎 흔들리는 소리와 계수나무 솜사탕 냄새가 났다. 귀신 놀이터였다. 보풀들과 슈가맨, 그리고 아름다운 동굴……. 꿈을 꾼 것 같았다. 그러다 퍼뜩 생각이 났다. 아 참, 내 교복.

아주 작은 사람들이

며칠 새, 미루는 훌쩍 수척해졌다. 밥을 거르기 일쑤고 툭하면 책상에 엎드려 있었다. 수업 시간에 선생님에게 지적을 받고 툭하면 눈물을 흘렸다. 공부도 흥미가 없고, 마법 거울을 보는 일도 뜸해졌다. 영혼이 빠져나간 인형 같았다.

미루가 수업을 자주 빼먹는다는 학원 측의 제보로 미루 엄마의 감시가 심해졌다. 학교도 학원도 집도 미루가 편하게 있을 곳이 없었다. 미루는 아슬아슬 해보였다. 높은 절벽 사이로 흔들리는 줄을 타고 있는 광대 같았다. 달림은 미루만 보면 가슴이 답답해졌다.

얼마 전 꿈 속에서 보았던 낙태 아기들의 모습이 불쑥불쑥 떠올랐다. 달림은 미루의 낙태를 말리고 싶은 생각이 점점 커졌다. 하지만 당장 말을 하지 못했다. 다만 미루가 언젠가 마음을 바꿀 수도 있다는 실낱같은 기대를 했다. 친구에게서 신호가 오면 언제든지 출동할 마음의 준비를 하고 있기로 했다.

세 아이들의 알바는 계속되었다. 동물 탈을 쓰고 거리로 나가면 지나가는 사람들은 세 동물을 보고 웃고 장난을 걸고 발길질을 하기도 했다. 곰이 뒹굴뒹굴, 개가 월월, 토끼가 깡충깡충…… 그 모습이 다른 사람들에게는 재밌는 장난거리였지만 달림과 두 아이에게는 처절한 삶의 현장이었다. 온몸에 땀띠가 났다. 하지만 약을 사서 바를 엄두가 나지 않았다. 한 시간 꼬박 탈을 쓰고 버는 피 같은 돈으로 홀랑 약을 사기가 아까웠다. 천 원 한 장 쓰려고 하면 손이 바들바들 떨렸다.

동물 탈 알바가 어느 정도 익숙해져 갈 무렵, 세 아이들은 교대로 땡땡이를 쳤다. 잠깐 골목에 숨어 앉아 탈바가지를 벗고 바람을 쏘이는 정도였다. 달림은 학원가 뒷골목에 쪼그려 앉아, 신선한 공기의 소중함을 느끼고 있었다. 그때, 골목 끝 편의점 앞에 푸대자루 모양 구겨져 있는 낯익은 얼굴을 발견했다.

"언니야!"

언니는 무언가 골똘한 생각을 하고 있었는지, 한 뜸을 들인 후에나 고개를 들었다. 눈빛이 텅 비어 있었다. 언니가 얼떨떨 물었다.

"여기서 뭐해?"

"보면 몰라? 알바. 언니는 여기서 뭐하는데? 학원 시간 아냐?"

언니는 마땅찮은 얼굴을 하고 입을 다물었다. 달림은 언니를 한 번 더 찔러봤다.

"언니가 돈 좀 빌려주면 나 이런 거 안 해도 되는데……."

진심으로 언니가 동생을, 아니 동생의 친구를 불쌍하게 생각해서 돈 한 뭉치 쾌척해주기를 바라 마지않았다. 하지만 언니는 시큰둥하며 일어섰다. 달림은 따라붙으며 느물거렸다.

"언니. 학원 땡땡이 한다고 엄마에게 찔러버린다……."

언니는 가느다랗게 한숨을 섞어 말했다.

"맘대로."

언니가 좀 이상했다.

"언니. 왜 그래? 엄마의 희망이 이러면 쓰나?"

언니 얼굴이 금세 울상이 되었다. 달림은 얼른 수습했다.

"알았어. 안 이를게."

"동생아. 언니 요즘 좀 이상하다. 집중도 안 되고 딴생각만 나고, 잠도 제대로 못 자고 자꾸 이상한 꿈을 꾸고……."

달림은 다시 언니의 어깨에 팔을 둘렀다.

"내 증상하고 비슷한데? 어디 자세히 한번 들어볼까?"

언니는 피식, 웃더니 애써 기운을 차리려는 듯 말했다.

"걱정 마. 기운 낼 거야. 근데……."

언니는 말을 끊고, 조금 망설이다 물었다.

"네 친구는? 병원 안 갔어?"

"미루?"

달림이 심각하게 고개를 끄덕이자, 언니는 복잡한 눈빛을 허공으로 돌렸다. 그러고는 무슨 말인가 하고 싶은 걸 참는 듯, 한동안 입술을 꼭꼭 깨물기만 했다. 그러다 벌떡 일어나 가방을 메면서 감동적인 말을 남겼다.

"걔, 참 힘들겠다. 그래도 너 같은 친구가 있어서 다행이야."

언니는 맥없이 걸어 학원으로 돌아갔다. 아무래도 언니가 이상했다. 혹시 또 연애를 하는 건 아닐까? 불쑥 의심이 들었다. 또다시 언니가 낯설어지는 경험은 하기 싫었다. 문득, 얼마 전 꿈결에 들었던 언니의 울음소리가 생각났다. 꿈이 아니었을지 모른다. 언니라도 엄마의 희망으로 끝까지 버텨줘야 하는데……. 무슨 일이 있는 걸까?

달림은 무거운 마음으로 다시 탈을 썼다. 갑자기 지나가던 한 초딩 꼬마가 달림의 엉덩이에 붙은 꼬리를 잡고 흔들었다. 달림이 크르릉! 사나운 몸짓을 하자 아이는 기겁을 하며 달아났다.

식당 영업 시간이 끝나고, 엄마와 달림은 식당 홀에 앉아 텔레비전 드라마를 보고 있었다. 막장 드라마가 막 시작되고 있었다. 우리 결혼 허락해주세요. 안 돼. 허락해주세요. 안 된다니까.

이때, 식당 문이 힘차게 열리며 오렌지 병원 박 간호사가 들어왔다.

"으아! 배고파. 밥 좀 주세요."

박 간호사는 영업 시간이 끝나도 당당하게 식당에 쳐들어오는 유일한 손님이었다. 가끔 혼자 와서 밥을 먹고 엄마와 술을 나눠 먹기도 했다. 홀 맨 구석 자리에 박 간호사와 엄마는 동태찌개를 놓고 마주 앉았다. 후루룩, 국물을 들이키며 박 간호사가 식상한 멘트를 날렸다.

"유정식당 밥을 먹으면 엄마 생각이 나요."

유정식당 사장은 어정쩡하게 겸손한 척을 하며, 좋아하는 티를 숨기지 못했다. 그러고는 뽀르르 주방으로 달려가 창란젓과 가자미식해를 서비스로 내왔다. 달림은 코웃음이 나왔다.

엄마 생각이 난다는 거, 그 말이 꼭 칭찬인가? 아닐 수도 있잖아. 음식을 맛없게 하는 엄마 생각이 난 것일 수도 있는데. 하여간 이 식당 사장은 참 단순해.

여느 때처럼 두 사람은 술친구가 되어 소주를 주거니 받거니 했다. 박 간호사는 술이 오르자 말이 많아졌다. 평소에는 조용한 사람이었다가 술을 먹으면 목소리가 커졌다. 두 사람은 좀처럼 끝날 생각이 없어 보였다. 엄마의 목소리도 꾸렁꾸렁 고개를 넘어가고 있었다.

달림은 두 여자의 목소리가 커질 때마다 텔레비전 볼륨을 올렸다. 드라마 주인공도 한참 핏대를 세우고 있는 중이었다. 도대체 이유가 뭐예요? 지금까지 제가 엄마 말 안 들은 적 없잖아요. 결혼만큼은 제 맘대로 할 거예요. 쫙, 주인공 엄마가 아들의 볼때기를 후려쳤다. 내 눈에 흙이 들어가기 전엔 절대 안 돼.

박 간호사는 홀로 심각해졌다.

"나도 저기 장호리쯤에 식당이나 차릴까 봐요."

"갑자기 웬 식당?"

"병원 일 하기가 싫어서요."

"배부른 소리…… 나같이 할 줄 아는 게 없는 사람이나 하는 거지. 식당이 얼마나 하기 힘든 일인 줄 몰라서 그래?"

박 간호사는 한숨을 섞어 말했다.

"그래도…… 산부인과 일, 이제 그만하고 싶어요."

"월급 받는 게 세상 젤로 속 편한 거예요."

박 간호사가 고개를 푹 숙이고 중얼거렸다.

"흐흐…… 애들이 죽고 있어요. 난 그걸 봐요. 눈을 똑바로 뜨고 제대로 봐야 해요."

"어헝?"

엄마의 대답이 짧은 비명처럼 들렸다. 달림의 가슴이 철렁 요동쳤다. 꿈 속 병원 지하실이 생각났다. 배꼽 속이 찌르르 아파오기 시작했다. 엄마가 달림 쪽을 흘낏 건너다보며 눈치를 봤다. 달림은 안 듣는 척했다.

"상상도 못할 거예요. 흐흐흐……."

박 간호사는 미친 사람처럼 웃었다.

"오늘은 다섯 번. 아기 다섯을 이 손으로…… 우리 원장은 미쳤어요. 그리고 나도……."

달림의 배꼽 안이 왈그르거리기 시작했다. 엄마는 딱딱하게 굳은 얼굴로 달림을 불렀다.

"그만 보고 들어가."

달림은 엉덩이를 끌어 텔레비전 화면으로 바싹 다가앉는 것으로 의사 표현을 했다. 눈은 텔레비전을 보고 있지만 온 신경은 박 간호사 쪽으로 집중되었다. 주인공 엄마가 아들의 다리를 붙잡고 오열한다. 사실 그 애는 그 애는…… 으으흑, 내 딸이야. 그리고, 넌 넌…… 내가 낳지 않았어…….

박 간호사도 쉬지 않고 이어갔다.

"뱃속에 있는 아기가 우리하고 똑같은 사람이에요. 아주 조그만 사람."

엄마가 설득하듯 대꾸했다.

"누군들 그러고 싶어 그러겠어? 아기를 그렇게 하는 사람들 사정도 있겠지."

박 간호사는 흐리멍덩했던 눈빛에 갑자기 힘을 모아 엄마를 노려봤다.

"무슨 대변인같이 말씀하시네?"

엄마는 당황해서 박 간호사를 일으키려고 했다.

"술 그만하자. 많이 취했네."

박 간호사는 혀 꼬부라진 소리로 부탁했다.

"딱 한 잔만 더."

"내일 아침에 일해야지?"

박 간호사가 버럭 소리쳤다.

"그만둘 거라니까. 내일 당장!"

두 사람 사이에 무거운 침묵이 맴돌았다.

박 간호사는 다시 중얼거리기 시작했다.

"딸만 셋을 낳은 집이 있어요. 그 집은 아들을 꼭 낳고 싶었대요. 네 번째 임신을 했을 때 검사를 해 보니 또 딸인 걸 알았어요. 부모는 뱃속의 딸을 죽였어요. 다섯 번째 임신도 딸이었어요. 역시 또 유산을 했죠. 그러고나서 어찌어찌 또 임신이 됐어요. 이번에는 아들이었어요. 오! 삼신할머니 감사합니다. 뱃속의 아들이 나오기만을 기다리고 기다리던 어느 날, 아기는 태어나기 두 달 전쯤 뱃속에서 죽어버렸어요. 이 얘긴 우리집 얘기예요. 우리 엄마는 결국 아들을 못 낳았다고, 할머니에게 온갖 구박을 받았어요. 내가 그 셋째였어요. 흐흐흐……."

텔레비전 속 드라마 주인공 목소리만 식당 안을 크게 울렸다. 우린 여기까지야. 이제 만나면 안 돼. 이유는 묻지 마. 으흐흑. 주인공과 그의 여자는 끌어안고 눈물 콧물을 줄줄 뺀다.

엄마가 술잔을 입에 털어 넣고 와사삭, 오이를 씹었다. 마치 썩은 오이를 먹는 것처럼 엄마의 얼굴이 잔뜩 구겨졌다. 박 간호사는 기어코 딱 한 잔을 더 마시고는 자리에서 비틀비틀 일어났다.

박 간호사가 나가자 엄마는 바로 뒷담을 했다.

"참, 그렇게 참한 사람이 술만 들어가면 다른 사람이야. 어이구. 독한 일을 해서 그런가 술도 엄청 독하게 먹네 그래."

달림은 슬그머니 한 가지 생각이 떠올랐다. 박 간호사에게 미루의 일을 한번 의논해보는 거. 막연하지만 해보고 싶었다.

달림은 슬쩍 식당을 나와 박 간호사의 뒤를 따라갔다. 비틀비틀 박 간호사 걸음걸이가 위태로웠다. 달림은 뛰어가 한쪽 팔을 잡아줬다.

"어? 유정식당 콩쥐네?"

"네? 콩쥐요?"

"너 콩쥐 맞잖아? 내가 콩쥐냐고 바락바락 대드는 거, 봤거든."

"헤헤헤. 네. 근데 괜찮으세요?"

"술 좀 깨고 가려고."

박 간호사는 해변으로 내려가는 계단에 걸터앉았다. 달림은 옆에서 말없이 기다렸다. 쏴우우수우, 파도 소리를 싣고 바람이 시원하게 불어왔다.

"저……, 물어볼 게 있는데요."

"흐응! 말해봐. 혹시 호박마차 이런 거 어떻게 구하는지 궁금한 거냐?"

"에이, 호박마차는 신데렐라예요."

"그런가? 그럼, 왕자님이 언제 와서 키스해준대?"

"그건 백설공주 같은데요."

"으하하하……."

박 간호사는 배꼽을 잡고 웃어댔다. 박 간호사가 계단에서 구를까 봐 붙잡고 버티는데 왠지 술에 취한 올드미스가 친근하게 느껴졌다. 달림은 한결 쉽게 말을 꺼냈다.

"뱃속에 있는 아기 말예요."

"아기? 왜?"

박 간호사의 낯빛이 싸늘해졌다.

"관심이 있어서요. 아까 식당에서 하시던 얘기, 들었거든요."

박 간호사는 달림 눈을 빤히 들여다보다가 다짜고짜 손가락질을 했다.

"너, 병원에 왔었지?"

"네? 아……."

"대기실에 너 앉아 있는 거 봤어. 아하하하항!"

박 간호사는 웃겨 죽겠다는 듯이 배를 움켜잡았다. 달림은 또 씁쓸했다. 도무지 온통 난리를 떨며 했던 변장인지 분장인지가, 그렇게 먹혀들질 않았다니.

"사실은……, 제 친구가."

"알고 있어."

달림은 가슴을 쓸어내렸다.

"혹시 다른 간호사들도 저를 알아봤나요?"

"아니, 나만."

"저희 엄마에게 말씀하신 건 아니죠?"

"아니지."

달림은 가슴을 쓸어내리고 사정했다.

"제발 비밀로 해주세요."

박 간호사가 인심 좋게 고개를 끄덕였다.

"그 친구는? 괜찮니?"

"네, 아니, 괜찮지 않아요."

"아기를 낳을지 안 낳을지 결정은 했대? 부모님은 아셔?"

달림은 미루의 상황과 가족에 대해서 얘기를 했다.

"친구가 아기 안 낳을 거래요. 그래야 할까요?"

박 간호사는 되레 물었다.

"콩쥐, 너 같으면 어떻게 하겠어?"

"잘 모르겠어요. 제 친구도 고민 많이 했어요."

박 간호사는 고개를 숙이고는 중얼거렸다.

"너 혹시 아니?"

"뭘요?"

"그 속에 사는 아이는, 지금쯤 동그란 머리에 머리카락이 나기 시작했을 거야."

"아!"

"키는 엄마 주먹만큼 자랐을 거고."

달림은 제 주먹을 쥐고 바라봤다. 박 간호사는 계속 말했다.

"그 아기는 손목이나 발목을 비틀 수 있고 손가락 발가락을 구부릴 수 있어. 손톱이랑 발톱이 나기 시작했을 거고, 곧 눈썹이 생겨날 거고, 조금 더 있으면 온몸에 솜털이 보스스 덮이게 될 거야."

"정말요? 아주 작은 아기인데도 있을 건 다 있네요?"

"그래. 머리부터 발끝까지 사람이야. 아주 작기만 할 뿐이지. 웃을 수도 있고 찡그릴 수도 있어."

피규어가 떠올랐다.

"엄지손가락을 빨고 있을지도 몰라. 그리고……."

박 간호사는 히죽 웃으며 말을 이었다.

"하품도 할 수 있어."

달림은 배꼽 안쪽이 보글보글 끓는 것 같았다. 생각만 해도 사랑스럽다. 그런 아이가 미루 뱃속에 있다니…….

박 간호사가 한숨 섞인 목소리로 말했다.

"네 친구가 이런 걸 알고 있는지 모르겠다."

모르고 있다. 미루는 당연히 모르고 있다.

박 간호사는 갑자기 흐느끼더니 울컥, 토하기 시작했다. 달림은 박 간호사의 등을 두드리면서 미루 뱃속의 아이를 상상했다. 목구멍이 뜨거워졌다. 미루에게 이 애기를 해줄까 말까?

"혹시, 궁금한 거 있으면 찾아와."

박 간호사가 돌아가면서 남긴 이 말이 달림은 무척 고마웠다. 당장 미루를 데리고 찾아가 볼 생각을 했다. 집으로 돌아오니, 엄마는 혼자서 술을 더 홀짝거리고 있었다.

"엄마. 왜 술을 그렇게 많이 먹어?"

달림이 타박을 하자, 엄마는 잠긴 목소리로 대답했다.

"그냥. 속상해서."

"뭐가? 혹시 드라마 못 봐서 속상해?"

"흐흐흥. 그래 왜."

엄마는 술잔을 비우며 혼잣소리로 중얼거렸다.

"잘 가라. 아프지도 말고 슬프지도 말고……."

엄마의 자궁, 보풀 아지트에 살고

귀신 놀이터에 어슬렁어슬렁 올라가 보니 노랑모자가 혼자 미끄럼틀 위에 앉아 있었다. 어린 꼬마가 쓸쓸해 보이기는 처음이었다. 노랑모자는 보자마자 물었다.

"나 보고 싶어서 놀이터에 온 거지?"

웃음이 나왔다.

"으이구, 못 말리는 왕자병 꼬마야. 나 원래 여기 자주 오거든."

노랑모자가 또 억지를 부렸다.

"나 보러 왔다고 해. 그래야 내가 우리 집에 데리고 가지."

"너, 여기서 나 기다렸구나? 나 데리고 가려고?"

노랑모자는 달림을 다그치는 눈으로 보았다.

"모자 뜨다가 말고 왔잖아? 빨간색 모자 말이야. 그거 마저 떠야지. 슈가맨이 기다리고 있어."

"정말?"

"응. 허달림이 모자를 잘 떠서 같이 모자를 떠주면 좋겠다고 했어."

달림은 기분이 으쓱해져서 크게 인심 쓰는 척했다.

"그럼. 가지 뭐."

달림이 삐딱이를 담벼락에 세워두려고 하자 노랑모자는 애절한 눈빛으로 자전거를 가리켰다.

"그거……."

"자전거?"

"나도 타보고 싶어. 자장가."

"자장가가 아니라 자전거야."

"자장거!"

"으이구! 어쨌든 여기서는 타기가 좀 그래. 우리 삐딱이가 이렇게 울퉁불퉁한 바닥 엄청 싫어하거든."

달림이 망설이자 노랑모자가 무척 실망한 얼굴을 했다.

"아이고, 알았다. 알았어. 태워줄게."

말이 끝나기가 무섭게 노랑모자는 헤헤거리며 삐딱이로 달려들었다. 달림은 노랑모자를 삐딱이 뒤에 앉히고 놀이터 안을 돌았다. 역시, 울퉁불퉁한 바닥이라 바퀴가 제대로 굴러가지를 않았다. 낑낑거리며 겨우겨우 한 바퀴를 돌자, 그다음부터는 그럭저럭 탈 만

했다. 노랑모자가 좋아서 헤헤헤, 계속 웃어댔다. 이렇게 좋아하는 걸, 진작 태워주지 못한 게 미안해졌다. 몇 바퀴 뱅뱅 돌았는데도 노랑모자는 내릴 생각을 안 했다.

"이제 그만! 나중에 또 태워줄게. 저기 넓은 학교 운동장에 가서. 응?"

노랑모자는 볼록 입술을 내밀어 손가락을 넣고 우물거렸다.

"자장가 재밌는데……. 다른 보풀들도 이거 타고 싶대."

"네가 어떻게 알아?"

"내가 좋아하면 다 좋아하는 거야."

역시, 억지 부리기 최강이다.

"데리고 가자. 응?"

"이걸 어떻게 가지고 가?"

노랑모자는 입술을 앙다물고 삐딱이에 찰싹 달라붙었다. 그러고는 당장이라도 끌고 날아갈 기세로 끙끙거렸다. 강아지 앓는 소리처럼. 그 모습이 어찌나 애틋한지 또 흐물흐물해졌다.

"좋다! 한번 해보지 뭐."

일단 돌계단 위를 구르기 시작하자 삐딱이는 그럭저럭 잘 굴러갔다. 예쁜 보풀 아이들이 좋아할 모습을 생각하니 달림의 마음이 더 설렁거렸다. 꼬불꼬불한 길을 지나, 울퉁불퉁한 길을 지나, 바위 사이 길을 지나 보풀들의 집에 도착했다.

슈가맨은 달림의 교복을 굳세게 입고 있었다. 놀란 눈으로 삐딱이를 보더니 대뜸 김칫국을 마셨다.

"이것도 주려고?"

"앗! 아니에요."

달림이 정색을 하며 급히 손사래를 치자, 슈가맨은 적잖이 실망하는 눈치였다. 달림은 단호한 자세로 삐딱이를 손에서 놓지 않았다. 노랑모자가 자랑스럽게 종알거렸다.

"애가 자장가 태워줄 거야. 이거 삐딱이 말이야."

슈가맨이 불쑥, 아이처럼 기뻐하며 청했다.

"나 먼저 타볼래."

달림은 슈가맨을 뒤에 태우고 삐딱이를 몰았다. 이야이이히히! 슈가맨의 환성 소리가 보풀 아지트에 울려 퍼졌다. 그러자 곳곳에 흩어져 놀던 보풀들이 우우 몰려들었다. 그러고는 묻지도 않고 삐뚤빼뚤 줄부터 서더니 차례를 기다렸다. 자전거를 탄 보풀들은 까르르 꾸르르 괴상한 소리로 웃어대고 소리를 지르며 좋아라 했다. 돌고 또 돌고 태우고 또 태우고……. 달림은 마지막 아이까지 온 힘을 다해 자전거를 태웠다. 그 와중에 노랑모자는 타고 또 타려고 줄을 섰다. 아이구! 보푸라기 잔인한 꼬마 녀석. 달림은 모른 척 또 태워줬다. 몸은 천근만근 무거웠지만 마음은 날아갈 것처럼 가벼웠다.

동굴로 들어가자 슈가맨은 달림에게 설탕을 두 숟가락 연거푸 퍼줬다. 자전거를 태워줘서 고맙다는 표현 같았다. 달림은 넙죽넙죽 설탕을 받아 입에 넣고는 설탕이 주는 기운이 몸에 느껴질 때를 기다렸다. 무거운 몸이 한결 가벼워지는 것 같았다.

슈가맨은 달림이 뜨다 만 빨간 실 꾸러미를 그대로 두었다가 내밀었다. 달림이 호기심 가득한 눈으로 물었다.

"저를 기다렸어요?"

슈가맨이 허허허……, 안경을 고쳐 올리며 쑥쓰러워했다.

"혼자 뜨개질하는 것보다 같이하니까 좋더라고. 그리고 허달림이 마저 뜨러 올 줄 알았어."

슈가맨과 함께 앉아 모자를 뜨고 있는데 보풀 아이들이 쉬지 않고 들락날락거렸다. 달림에게 무척 호감이 생긴 눈치였다. 달림 주위를 빙빙 돌기도 하고 가까이 와서 히히 웃기만 하다 돌아가는 아이도 있었다. 무엇보다도 노랑모자의 눈빛이 많이 달라졌다. 달림을 존경해 마지않는 눈빛이 되었다고 할까? 주변을 어슬렁거리는 보풀 아이들이 종알거리는 소리를 들어보니, 자전거 어쩌구 하는 소리가 간간이 들려왔다. 아무래도 삐딱이가 오늘의 빅 뉴스인 모양이었다. 노랑모자는 삐딱이 옆에 단단히 붙어서서는 다른 아이들이 손도 못 대게 지키는 중이었다.

아이들에게 설탕을 먹이는 시간에 슈가맨이 단단히 일렀다.

"오늘은 자전거 그만! 허달림을 너무 힘들게 하면 다시는 안 올지도 몰라."

보풀들은 실망한 얼굴로 눈을 깜박거리다가 밖으로 몰려나갔다. 다만 풀빛 모자를 쓴 한 아이가 의자에 오도카니 앉아서 일어날 생각을 안 했다. 달림을 빤히 보다가 달림과 눈이 마주치면 생긋 웃었다. 인형보다 예쁜 아이였다. 달림이 물었다.

"이름이 뭐야?"

풀빛 모자가, "나는 사월십이일이야" 하고 대답했다.

"엉?"

슈가맨이 끼어들었다.

"보풀들은 이름이 없어. 그냥 엄마와 헤어진 날짜가 이름이야."

"아! 엄마와 헤어진 날짜……."

무언가 뭉클해지는 느낌이었다.

"정말요? 그럼 보푸라기는요?"

"이월오일."

"이월오일……."

풀빛 모자가 불쑥 끼어들었다.

"너는 이름이 뭐야?"

"엉? 나는 그냥, 허달림이라고 해."

"허달림? 나도 그런 이름 정말로 갖고 싶어."

"그래? 언니 같은 이름 지어줄까?"

"정말로?"

풀빛 모자는 금세 흥분해서 엉덩이를 바싹 붙여 앉았다.

"음……, 마리, 어때?"

"마리?"

풀빛 모자가 환하게 웃으며 슈가맨에게 허락이라도 구하는 듯 물었다.

"그럼, 난 이제부터 마리야?"

슈가맨이 웃는 얼굴로 고개를 주억거리더니 풀빛 모자의 새 이름을 불러줬다.

"마리!"

풀빛 모자가 폴짝폴짝 뛰며 손뼉을 쳤다. 정말로 인형, 마리 같았다. 아니, 훨씬 더 예쁘고 사랑스러웠다. 흥분한 마리가 달림의 어깨를 손가락으로 꾹, 찔렀다.

"마리랑 같이 갈래?"

달림은 선뜻 마리를 따라나섰다.

마리가 달림을 둥근 모래톱으로 끌고 나왔다. 바닷물은 오후의 햇볕을 담고 잔잔하게 밀려오고 있었다. 손을 담그면 물이 들 것 같은 맑은 파란빛이 햇볕과 함께 찰랑거리고 보풀들 몇이서 그 물에 들어가 놀고 있었다. 그 가운데 노랑모자가 헤엄을 치는 게 보였다. 팔을 삭삭 저으며 작은 배처럼 앞으로 나갔다. 뱅글뱅글 돌기도 하다가 엉덩이를 쑥 빼더니 물속으로 사라지기도 했다. 노랑모자는 멋졌다. 황금 관을 쓴 작은 돌고래 같았다. 조금 뒤, 노랑모자가 달림과 마리를 보고는 미끄러지듯이 헤엄쳐 물가로 나왔다.

마리가 고개를 한쪽으로 꼬며 자랑스럽게 외쳤다.

"이제부터 내 이름은 마리다."

노랑모자가 고개를 갸웃거렸다.

"마리?"

"응, 이제부터 나를 마리라고 불러야 해."

노랑모자가 시무룩하다가 작은 소리로 중얼거렸다.

"나도 이름 있어."

"뭔데?"

노랑모자는 대답을 안 했다.

"거 봐! 넌 그냥 이월오일이잖아?"

노랑모자는 주둥이를 쏙 내밀고 뭔가 우물거리다 말았다. 마리는 의기양양해서 달림의 손을 잡아끌고 모래톱 한쪽의 작은 동굴로 들어갔다.

동굴 안은 축축하고 비릿하고 보풀 설탕 맛 냄새가 나고 은은한 빛으로 가득했다. 그리고 신비한 울림이 리듬을 타고 흐르고 있었다. 사르륵사르륵 철썩철썩 쿵쿵 졸졸……. 무언가 두드리고 부딪치고 파도를 타는 듯한 묵직한 울림 같은 것이었다. 그 소리는 몸을 감싸는 듯 몸을 편안하게 해주며 배꼽 안쪽부터 가볍게 둥실둥실 떠오를 것 같은 느낌을 주었다. 잠을 자고 싶어졌다. 왠지 자장가를 듣고 있는 것 같았다.

마리가 달림을 올려다보며 작게 속삭였다.

"이 굴은 엄마 뱃속이야."

"뭐? 엄마 뱃속?"

마리는 달림을 더 안쪽으로 끌고 들어갔다. 좀 더 비릿하고 좀 더 축축한 느낌이 들었다. 안쪽 깊은 곳에는 둥그렇고 우묵한 바구니들이 공중에 둥둥 떠 조금씩 흔들리고 있었다. 마리가 바구니 가까이로 달림을 데리고 갔다.

"둥게둥게 엄마 바구니야."

어느새 노랑모자가 따라와 끼어들었다.

"아기 볼래?"

"아기?"

"보풀 아기 말이야."

노랑모자가 바구니 덮개를 살그머니 열었다. 그 안에 손바닥만 한 크기의 인형 같은 것이 누워 있었다.

"인형이야?"

"아니야. 보풀이야."

마리가 맑은 목소리로 끼어들었다.

"보풀들은 여기서 이렇게 자. 여기는 엄마 뱃속이거든. 이 안에 들어가면 엄마 뱃속으로 돌아가는 거야."

마리가 구슬 굴러가는 소리로 읊조렸다.

"둥개둥개둥개야."

바구니 안쪽의 인형이 꼼지락 움직였다. 달림의 입이 저절로 벌어졌다. 그리고 머릿속이 하얘졌다. 꼼짝도 할 수 없었다. 인형이 아니었다. 생명체였다. 맑은 살빛을 한. 몸통만큼 큰 동그란 머리, 살짝 볼록한 배에는 유연하고 튼튼해 보이는 손가락 굵기만한 줄이 달려 있었다. 살빛 생명체는 속눈썹 촘촘한 눈을 꼭 감고, 앙증맞은 안짱다리를 쭉, 기지개하듯 뻗었다. 이렇게나 작은 사람? 보풀? …….

마리는 달림의 손을 꼭 잡아끌었다. 그리고 다른 바구니를 더 열었다. 손바닥보다 조금 더 큰 보풀 아기였다. 아기가 폭신한 솜이불 같은 이마를 살풋 찡그렸다. 눈 옆 가까이 조개껍데기 같은 귀가 붙어 있었다. 면봉보다 조금 굵은 손가락에 소용돌이 모양의 지문이 선명하게 보였다. 끝에는 손톱이 자라고 있었다.

두 아이는 경쟁하듯이 바구니를 열었다. 달림의 배꼽 안쪽이 소용돌이치며 울렁거렸다. 머릿속이 마구 엉클어졌다. 어떠하든 정리해야 했다. 아니, 이해해야만 했다. 도대체 왜? 이렇게 작은 아기들이 여기서 자고 있는 걸까?

아무래도 슈가맨에게 자세히 물어봐야 할 것 같았다. 달림이 자리를 뜨려고 하자, 마리가 달림의 손가락 하나를 꼭 쥐었다. 그리고 자랑스러운 듯 말했다.

"나도 이렇게 자."

달림이 마리에게 고개를 끄덕거리고 노랑모자에게 물었다.

"보푸라기도 이렇게 자?"

노랑모자는 고개만 끄덕거렸다. 마리의 기세에 눌린 듯 풀이 시들어 있었다. 마리가 계속 의기양양하게 말했다.

"나는 진짜 엄마 뱃속에서 살았었어. 정말이야."

노랑모자가 질세라 소리를 높였다.

"나도 그랬어."

마리는 틈을 주지 않고 계속 말했다.

"그런데 어디선가 빛이 들어왔어. 깜짝 놀라서 내 뱃속이 쾅쾅 쾅쾅 했어. 눈이 너무 환해서 겨우 조금 깜빡깜빡했어. 그런데 이렇게 생긴……."

마리가 두 손을 쥐었다 폈다 했다.

"길쭉한 쇠 괴물이 막 들어왔어. 그리고 덤벼들었어. 나한테. 정말이야."

달림은 가위를 연상했다.

"쇠 괴물은 차가웠어. 난 쇠 괴물에게서 도망쳤어. 하지만 잡히고 말았어."

마리의 표정이 급격히 우울해지고 목소리가 작아졌다.

"그리고 쇠 괴물이 내 몸을 막 잘라냈어. 조각조각조각조각……."

마리는 빠른 속도로 가위질 흉내를 냈다. 그러고는 몸을 이리저리 뒤틀며 괴로운 표정을 지었다.

"너무 아파서 막 엄마를 불렀어. 하지만 엄마는 못 들었나 봐. 그럴 만도 해. 바로 다음에 굉장히 시끄러운 괴물이 들어왔거든. 시끄러운 괴물은 아주 힘이 셌어. 큰 소리를 내면서 엄청 센 힘으로 내 몸을 막 빨아들였어. 그다음에 깜깜해졌어."

달림 머릿속에 무언가 떠올라 돌아다녔다. 박 간호사에게 들었던 말이 생각났다.

머리부터 발끝까지 사람이야. 아주 작은 사람.

눈앞이 뿌옇게 흐려지고 어지러웠다. 달림은 마리를 꼭 안았다. 팔이 덜덜 떨렸다. 눈물이 막 쏟아져서 앞이 잘 안 보였다. 아닐 거야. 아닐 거야.

갑자기 노랑모자가 씩씩거리며 달려들어 달림의 팔에서 마리를 떼어놓으려고 애를 썼다. 그러고는 샘이 잔뜩 난 표정으로 심술궂게 말했다.

"나도 그랬어. 진짜 엄마 뱃속에서 살았어. 정말로!"

달림은 입을 열 수가 없었다. 울음소리가 너무 크게 터져 나올 것만 같아서.

아닐 거야. 아닐 거야. 내가 잘못 생각하고 있는 거야. 이건 꿈일지도 몰라.

노랑모자가 달림의 품을 파고들면서 마리에게 소리쳤다.

"얘는 내가 데려왔어. 만지지 마."

마리는 시무룩, 한 발 뒤로 물러서며 입술을 삐죽거렸다.

"난 자러 갈래."

달림은 아이들을 달래주고 싶었다. 하지만 눈물이 흘러서 그렇게 할 수가 없었다.

"안녕."

마리는 달림에게 단풍잎 같은 손을 흔들고 조금 구석진 자리에 떠 있는 바구니로 갔다. 바구니 위의 덮개가 열리고 마리는 풀빛 모자를 쓴 머리를 안으로 집어넣었다. 마리의 몸이 바구니 안으로 쑥 미끄러지듯 사라졌다. 스르르 덮개가 덮였다.

노랑모자는 달림의 허리를 꽉 끌어안은 채 놓아줄 생각을 안 했다. 달림이 노랑모자의 볼을 쓰다듬었다. 손안에서 녹을 것처럼 보드랍고 말랑말랑했다.

"나, 어디 안 가니까 걱정 마."

노랑모자는 중얼거렸다.

"나도 진짜 엄마 뱃속에서 살았어. 가짜가 아니라고."

노랑모자를 꼭 안아줬다.

"그래. 알아. 진짜 엄마 뱃속에서 살았지? 그치?"

어느 한 사람, 진짜 엄마 뱃속에서 살지 않았던 사람은 없단다. 누구라도 엄마 뱃속에서부터 인생이 시작되는 거니까.

노랑모자가 고개를 들어 중얼거렸다.

"엄마가 나를 기다릴 거야. 엄마를 찾아야 해."

"그래 그래."

"정말 나는 엄마를 찾을 수 있을 거야? 그치?"

"그럼. 찾을 수 있을 거야."

노랑모자는 기분이 한결 좋아졌는지 달림과 눈을 맞추고 웃었다. 하지만 달림은 웃을 수가 없었다.

"나도 잘래."

노랑모자는 지쳐 보였다. 달림을 향해 겨우 손을 흔들고는 타박타박 구석 쪽으로 걸었다. 그리고 작은 바구니 안으로 쏙 들어가 버렸다. 달림은 노랑모자의 작아진 모습이 궁금했다. 하지만 볼 수가 없었다. 용기가 나지 않았다. 보고 나면 견딜 수 없을 것 같고, 그 꼬맹이를 다시 편하게 볼 수 없을 것 같았다. 자꾸만 눈물이 흘렀다.

슈가맨이 놀란 눈으로 울고 있는 달림에게 다가왔다. 달림은 다짜고짜 물었다.

"보풀들 정체가 뭔가요?"

슈가맨이 태연하게 대답했다.

"에밀레에서 온 아가들."

"보푸라기는 왜 엄마를 찾는 거죠? 엄마가 있긴 있는 건가요?"

슈가맨이 복잡한 눈빛으로 달림을 가만히 건너다봤다.

"무슨 얘길 들었어?"

"제가 무슨 말을 들었는지 잘 모르겠어요. 아무 말도 안 들었으면 좋았겠어요."

슈가맨은 입을 꾹 다물고 눈으로 동굴 안 바구니들을 찬찬히 살폈다. 그러고는 길게 숨을 내쉬고 천천히 입을 열었다.

"보풀들은…… 엄마에게 버림받은 아기들이야."

"엄마가 아기를 버렸다고요? 어떻게 버릴 수가 있어요? 길에다 버렸나요? 아니면 여기 데려다놓고 갔어요?"

슈가맨은 한숨과 함께 대답했다.

"엄마 뱃속에서……."

아니기를 바랐지만 아이들의 말이 맞았다. 커다랗고 날카로운 가위가 배꼽 속을 마구 쑤시는 것처럼 아팠다. 몸이 떨리기 시작하고 숨쉬기가 고통스러웠다.

"이 바다는 엄마의 바다야. 이 굴은 엄마 자궁이고, 이 물은 엄마 뱃속의 양수야. 엄마 냄새와 감촉과 맛과 소리들이 그대로 살아 있어. 보풀들을 위해 신이 만들어 준 곳이지."

달림은 도망치고 싶어졌다. 슈가맨은 뒷걸음질 치는 달림을 고통스럽게 바라보기만 했다. 달림은 슈가맨과 엄마 바구니와 엄마 뱃속이라는 동굴 안을 차례차례 보았다. 지금 눈으로 분명히 보고 있는 이 모든 것이 사실인지 꿈인지 도무지 확인할 길이 없었다. 달림은 세게 입술을 깨물었다. 쌉싸름한 통증이 느껴졌다. 배꼽 안쪽의 날카로운 통증도 이미 견디기 힘들어졌다. 뒷걸음질 치다 바닥에 주저앉은 달림을 보던 슈가맨은 다가오며 손짓을 했다. 슈가맨의 눈빛이 너무 슬퍼 보여서 달림은 어길 수가 없었다. 용기를 내서 슈가맨 곁으로 다가갔다.

슈가맨은 바구니 하나를 들여다보며 낮은 소리로 속삭였다.

"봐라. 얼마나 사랑스러운지."

슈가맨의 말 그대로 아기는 무척 사랑스러웠다. 손바닥만 한 아기……. 아기는 꿈을 꾸는 것 같은 얼굴로 살짝 웃었다.

"아무에게도 해를 끼치지 않아, 이 아기들은."

아기는 오뚝하게 자리 잡은 콧등을 씰룩거리더니 반짝 눈을 떴다. 슈가맨이 부드럽게 웃으며 바구니를 살살 흔들어줬다. 둥개둥개둥개야…….

슈가맨의 노랫소리 때문인지, 달림의 마음이 한결 차분해졌다. 바구니 속 아기가 달림에게로 눈을 돌렸다. 그 까만 눈 속에 슬픔이 들어 있었다. 세상 어디에서도 맛보지 못한 아픈 슬픔이 몰려왔다.

"엄마 뱃속에 있던 아기들이 맞나요?"

슈가맨이 고개를 끄덕거렸다.

"이렇게 완벽할 줄 몰랐어요."

"완벽할 수밖에. 요렇게 작아 보여도 우주를 품고 있거든. 엄마 뱃속의 양수는 고대의 바닷물이야. 이 물에서 아기들은 억 년의 일기장을 들춰내고, 유구한 세월을 견뎌온 생명의 기억을 찾아내지. 그리고 제 어머니 아버지의 얼굴 너머, 그 이상의 먼 시간을 본

단다."

슈가맨의 목소리가 낮게 깔리고 있었다.

"조상 대대로 계승해온 생명의 모습을 필사적으로 만들어내는 중이지. 불과 몇 개월 만에. 어느 누구보다 더 대단한 일을 하는 거야, 위대한 아기들이."

경탄스러웠다.

"위대한 아기들이요……."

"우리 사람들은 누구나 이런 아기였지. 우주의 기운이 가장 충만한 존재로 태어나는 아기. 하지만 자라면서 그 기운을 점점 잃어버리게 돼. 걸음마를 하고 오줌똥 가리고 말을 배우고 세상 지식을 채우면서."

"그런가요?"

"그리고 늙은이가 되어 텅 비어버리고 나면, 다시 채울 준비가 되는 거지. 고대의 바다로 돌아가서 다시 시작할 준비……."

슈가맨의 말을 듣고 있으니 달림은 조금 진정이 되었다. 이 작은 아이들 앞에서, 세상에 먼저 왔다는 거, 정말로 아무것도 아니라는 생각이 들었다. 어른들은 뭔가? 나이가 많다는 단 한 가지 이유만으로 자신들이 항상 옳다고 우기는……. 보풀들도 나도 그들도 똑같은 하나의 생명일 뿐이다.

슈가맨은 바구니들을 한 번 휘이 둘러보고는 동굴 밖으로 앞장서 나갔다. 보풀들이 모여 노는 모래밭으로 가서 서자 토하듯 숨이 터져 나왔다. 다시 크게 숨을 몇 번 들이켰다. 시원한 공기가 마음을 편안하게 해주는 것 같았다. 한참을 아이들의 노는 모습을 지켜보다가 신기한 점을 발견했다.

"저 꼬마, 뭘 자꾸만 입에 넣는데, 괜찮을까요?"

달림이 걱정스럽게 묻자, 슈가맨이 별걱정이라는 듯 싱긋했다.

"맛보는 거겠지."

"뭘요?"

"저 아이들은 아기들이 자라면서 해야 할 행동들을 그냥 무심히 놀이하듯 하는 거야. 저 아이들은 정말 저렇게 살아보고 싶은 거야. 저 보풀은 지금 핥고 맛보는 중이겠고, 또 저기 저 보풀은 일어서고 걸음마를 하는 거고. 만져보고, 기지개 켜보고, 젖을 빨고, 손가락을 빨고……, "

달림의 마음은 다시 무거워졌다.

"지구상에서 자기 종에 의해서 목숨을 잃는 경우는 거의 없어. 그런데 보풀들은 자기 종에게 공격받고 생명을 빼기는 거야. 그것도 자기 부모에게서. 세상에서 가장 사랑받을 사람에게 가장 참혹한 방법으로."

슈가맨의 목소리가 떨리고 있었다.

"짐승들도 같은 종족은 사냥하지 않는데 말이야. 인간들은 정말……."

슈가맨의 네모난 안경 안쪽 눈빛이 흔들리더니 눈물이 흘러내렸다. 이때, 보풀들 몇이 쪼르르 달려와 새끼 새처럼 입을 벌렸다. 슈가맨은 창틀 같은 안경에 달린 단추를 살짝 비틀었다. 그러자 안경알이 푸른빛으로 변했다.

"슈가맨은 슬픈 눈을 보여주면 안 돼."

슈가맨은 조그만 보풀들 입에 설탕을 정성껏 넣어주며, 애써 웃음을 지어 보였다.

이렇게 천사 같은 아이들이 그렇게 죽었다는 걸, 달림은 도무지 믿을 수가 없다. 이건 꿈이다 꿈 아니다 꿈이다 꿈 아니다 꿈이다…….

슈가맨이 부탁했다.

"보푸라기에게 희망을 주지 마라. 엄마를 찾을 수 있다고 생각하면 아마 안 떠나려고 할지도 몰라."

"떠난다고요?"

"때가 되면 떠나야 해. 허락된 지구 여행 시간이 많이 남지 않았어. 칠 일 주기로 일곱 번쯤 되는 시간을 머물면 가야 해."

"금방은 아니죠?"

"그리 많이 남지는 않았어. 달이 해를 가릴 때쯤, 그 이전에 에밀레 별 신호가 올 거야."

노랑모자와 헤어질 생각을 하니 속상했다.

"하긴 어린아이가 엄마를 찾겠다는 생각부터가 무리인지도 모르죠. 엄마가 이 넓은 세상 어디에 있을지 알고."

말을 하다 보니 한숨이 나왔다.

"여기 보풀 아지트 근처는 우리 아기들이 태어난 고향이자 엄마와 헤어진 곳이야. 아기들의 엄마는 가까운 곳에 살고 있을지 모른다는 얘기지."

"아, 그래요?"

"엄마를 보고 싶어 하는 건 모든 보풀들이 갖고 있는 바람이야. 하지만 쉽지 않아. 보푸라기도 엄마를 못 찾을 수도 있을 거야. 그러니까 너무 기대를 하지 않게 도와줘."

"저는 보푸라기가 엄마를 찾았으면 좋겠어요."

진심이었다. 갑자기 노랑모자가 너무 불쌍했다.

"보푸라기, 보고 싶어요."

잠시 뒤에 노랑모자가 쪼르르 달려와서 달림의 품에 폭 안겼다.

"벌써 잠을 다 잔 거야?"

"응. 아니."

달림은 노랑모자를 무릎 위에 앉히고 달랑달랑 흔들어주었다. 그리고 속으로 물었다.

엄마와 헤어질 때 얼마나 무서웠니? 얼마나 아팠니?

한쪽에서 보풀들의 웃음소리가 들리자 노랑모자가 발딱 일어나 그쪽으로 달려갔다. 슈가맨이 놀라운 이야기를 했다.

"보풀들은 누가 보고 싶어 하면 그걸 느껴. 사람을 그리는 기운을 감지하는 본능이 있어. 조금 전에 허달림이 자기를 보고 싶어 한 걸 알고 온 것일지도 몰라."

"아, 대단해요."

정말이지 초능력 같았다.

"그렇다면……."

달림의 머릿속에 반짝, 빛이 들어왔다.

"보푸라기 엄마가 자기 아기를 보고 싶어 하면 어떻게 될까요? 엄마를 찾아낼 수 있을까요?"

슈가맨이 고개를 주억거렸다.

"그럴 수도 있겠지. 보푸라기 엄마가 아이를 그리워하고 있을지도 몰라. 보푸라기가 그 끌림 때문에 자꾸만 바깥 어딘가를 찾아다니는 건지도 모르고……. 하지만 그 반대일 수도 있어. 엄마는 기억도 안 하고 있을지 몰라. 보푸라기만의 유별스러운 그리움일 수도 있어."

달림은 슈가맨의 말을 부정하고 싶었다.

"왜요? 엄마가 기억하고 있을 수도 있죠?"

슈가맨은 고개를 설레설레 흔들었다. 달림은 또다시 울컥 목으로 올라오는 것을 삼켰다. 멀리서 보풀들이 뛰어 노는 모습이 눈물 때문에 뿌옇게 흐려졌다. 달림이 돌아오려고 자리에서 일어나자, 노랑모자가 쪼르르 달려와 푸딩 같은 손으로 달림의 손가락 하나를 꼭 쥐었다. 그러고는 희망찬 얼굴을 하고 물었다.

"엄마 찾아줄 거야?"

달림은 대답을 할 수가 없었다.

슈가맨이 말했다.

"아가야. 허달림은 엄마를 찾아줄 수 없어."

"찾아준다고 했어. 약속했어!"

노랑모자가 또랑또랑 힘주어 말했다. 달림은 아무 말도 할 수 없어 우물쭈물거렸다.

"미안해."

이 말밖에 할 수가 없었다. 슈가맨이 입술을 삐죽거리는 노랑모자 귀에다 대고 일렀다.

"미안해하지 마세요, 괜찮아요, 하고 말해라."

노랑모자는 울먹울먹하며 소리쳤다.

"아니야. 얘는 찾아줄 수 있어. 찾아준다고 약속했다니까. 그렇지?"

노랑모자의 눈에 눈물이 그렁그렁 매달리는 걸 차마 바로 볼 수가 없었다. 달림은 노랑모자를 꼭 안고 중얼거렸다.

"보푸라기야. 지금 우린 꿈이지? 난 이게 모두 꿈이었으면 좋겠다."

달림은 가슴에 커다란 바윗덩어리를 얹고 보풀들의 동굴에서 나왔다. 귀신 놀이터로 돌아왔을 때 또 교복을 찾아오지 못한 게 생각났다. 에잇! 차라리 운동장 돌고 말래. 아침마다 운동도 하고 좋지 뭐. 그렇게 마음먹고 보니, 마음이 편했다. 오히려 슈가맨에게 뭔가를 줬다고 생각하니 기뻤다. 이제 몇 달 뒤면 어차피 중학교는 안녕인데 교복은 잊기로 했다.

달림은 반쯤은 넋이 나간 얼굴로 집으로 돌아왔다. 피규어들을 보니 엄마 바구니 속 보물들이 떠올랐다. 인형도 피규어도 다 보물 같아 보였다.

"혹시 너희들도 보물이니?"

저도 모르게 중얼거리며 왈칵 눈물을 쏟았다. 달림은 담요를 바구니처럼 만들어 그 안에 피규어들을 눕히고 옆에 누웠다. 그리고 한참 동안 들여다보고 또 들여다보았다. 뭔가를 지켜야 한다는 생각이 꿈틀거렸다. 최소한 자신이 지켜야 할 그 무언가 있을 것만 같았다.

달림은 우울한 기분 때문에 인형 작업을 할 기운이 없었다. 하지만 금방 마음을 다잡았다. 왠지 마음이 급해졌다. 인형 얼굴의 눈 코 입을 만들고 손가락 발가락 그리고 배꼽을 만들어줬다. 제법 사람의 모습이 드러나고 있다.

요요는 엄마가 보고 싶다

달림은 지평과 미루를 귀신 놀이터로 불러냈다. 지평은 보자마자 라면부터 부쉈다.

"이 오빠가 그렇게 보고 싶었냐?"

달림은 와드득 라면을 씹으며 웃기만 했다. 그리고 주문했다.

"매운맛 수프 없어? 확 좀 뿌려봐."

지평이 가방을 뒤적거려 수프 몇 개를 꺼내더니 가장 매운맛을 골랐다.

"라면발이 굵어졌네?"

"응. 요즘 새로 나온 거. 어때? 괜찮지?"

"음, 괜찮은데."

지평은 만족한 얼굴로 주위를 둘러보았다. 계수나무가 차르르 바람을 탔다.

"여기 오랜만이다."

계수나무 벤치에 벌렁 드러누우며 지평이 행복한 표정을 지었다.

"몬난아. 오늘 정말 찐하게 데이트 할래?"

"됐다."

"새리 멀티방이라고, 새로 생겼대. 한번 가보자."

지평이 설레발을 치는 순간 미루가 등장했다. 지평이 아쉬운 티를 노골적으로 내보였다.

"에이! 저놈은 꼭 절묘한 타이밍에 등장하더라."

미루는 부석부석 얼굴이 부어 있었다. 별로 상태가 좋아 보이지 않았다. 달림은 곧바로 하고 싶은 말을 시작했다.

"돌려 말 않고 바로 갈게."

"뭔데? 여기까지 불러서?"

미루와 지평이 긴장한 얼굴로 달림 입을 주시했다.

"미루야. 아기를 죽이지 말아줘."

미루 목소리가 튀었다.

"죽인다고?"

"너는 낙태 수술을 하는 거지만, 아기는 죽는 거잖아?"

미루는 입을 꾹 다물고 원망스런 눈빛을 건넸다.

"우리는 네가 아이를 낳았으면 해."

지평이 톡 끼어들었다.

"우리? 너랑 나랑?"

달림은 보풀과 슈가맨을 생각했던 거다. 하지만 지평도 동의해 줄 거라 믿었다.

"너도 나랑 같은 생각이잖아?"

지평이 헤벌레 고개를 끄덕거렸다. 달림은 다시 진지하게 말했다.

"아기를 살려줘."

지평이 라면을 씹으며 물었다.

"그런데 네가 왜 아기를 살려달래?"

"뱃속 아기의 생각을 전하는 거야."

"헉! 아기하고 말해봤어?"

지평의 입에서 허연 찌꺼기가 툭툭 튀어나오며, 엠에스쥐 냄새가 폴폴 풍겼다. 미루가 볼멘소리를 했다.

"그럼 나는?"

"너는 아기를 살린 용감한 엄마가 되는 거지."

"내 인생은 어떻게 되고? 그걸로 끝이잖아?"

"아기를 낳는 건, 네 인생 아냐?"

달림의 공격적 질문에 미루는 혼란스러운 듯 눈을 깜빡거렸다. 달림은 더 밀어붙였다.

"예상 밖의 인생이긴 하지만. 그것도 네 인생이잖아."

지평이 끼어들었다.

"예상 밖의 인생……, 스릴 있겠네."

미루는 서운한 듯 말했다.

"너희들 갑자기 왜 그래?"

달림은 어떻게든 설득하고 싶었다. 그리고 포기하기 싫었다. 보푸라기, 보풀들을 위해서 해야만 했다.

"미루야. 우리 병원 가던 날, 여기서 만났던 아이 있지?"

"응. 인형같이 예뻤던 애?"

"그런 아기를 낳아서 키우고 싶은 생각 없어? 정말 천사 같잖아."

미루는 어리벙벙 입만 벌리고 달림을 빤히 건너다볼 뿐이었다. 달림은 두 아이에게 보푸라기의 이야기를 풀어놨다. 에밀레 별, 보풀, 엄마 뱃속 동굴, 슈가맨…….

두 아이는 믿지 않았다. 지평이 목소리를 깔았다.

"우리 몬난이는 꿈꾸는 것도 참 빤타스틱해. 그치?"

달림은 실망하지 않았다. 사실은 자신도 때로는 꿈을 꾼 것 같으니까.

"그럴 줄 알았어. 하지만 난 포기하지 않을래. 그나저나 의논할 만한 사람을 찾았어."

달림은 박 간호사에게 응원 요청을 했다. 옆 동네 해변 편의점 파라솔 아래서 박 간호사가 기다리고 있었다. 박 간호사는 미루 안색을 살피며 물었다.

"컨디션 어때?"

미루가 기어들어가는 소리로 대답했다.

"괜찮아요."

박 간호사가 옆에 서 있던 지평을 빤히 바라보았다.

"아기 아빠?"

지평이 깜짝 놀라 달림의 등으로 붙으며 고개를 빠르게 저었다. 달림이 냉큼 말했다.

"아니에요. 얘는 그냥 친구예요."

박 간호사가 미루에게 물었다.

"아기를 낳을 생각도 해봤어?"

박 간호사가 미루에게 묻자 미루는 놀란 눈을 했다. 그리고 눈을 내리깔고 벌을 기다리는 아이처럼 바닥만 바라봤다. 모두는 별말 없이 멀리 바다 쪽으로 눈을 주었다. 지평은 지루해서 몸을 비틀다가 오도독, 소심하게 라면을 씹었다.

박 간호사가 다시 입을 열었다.

"아기를 낳고 키우는 거 정말 쉬운 일은 아닐 거야."

박 간호사를 바라보는 미루의 눈빛에는 아직도 기대가 남아 있었다.

"그래서 어린 엄마들이 아기 포기하는 쪽을 많이 선택하는 거 같아. 하지만 용감한 어린 엄마들도 있지. 사실 생명은 잉태되는 순간부터 세상에 나오는 게 당연한 이치이긴 하지만, 어린 엄마들에게는 그렇게 간단한 문제가 아니지. 그러니까 이렇게 힘들고, 고민하고 그러는 거겠지……. 무슨 선택을 하든 누가 너에게 돌을 던지지는 않을 거야. 하지만 신중하고 또 신중하게 결정했으면 좋겠다."

미루가 보일 듯 말 듯 고개를 끄덕거렸다. 아직도 뭔가 답을 찾으려는 눈빛은 변함없었다.

"내가 어른이라도 너에게 별 도움이 되지는 못해. 하지만 너를 응원하고 걱정해주는 한 사람이 늘어났다고 생각해줘. 참고로 가르쳐줄게. 어린 엄마들이 모여 사는 집이 있어."

"미혼모 집이요?"

달림이 반갑게 알은척을 했다. 인터넷에서 봤던 정보였다.

"엄마가 되겠다면 생각해보라고……. 결정하는 데 도움이 될 거야."

달림은 골똘한 생각에 빠져든 미루의 얼굴을 바라봤다. 그러면서 속으로 주문을 외웠다. 아이를 살려줘. 미루야.

"아기 낳기 전까지 그곳에서 지내다가 낳을 때가 되면 도와주는 산부인과에서 아기를 낳을 수 있대. 낳고 나서 당분간 아기와 함께 어린 엄마들 집에 머물 수도 있어. 머물면서 그다음을 천천히 생각해볼 수도 있겠지. 아기를 엄마가 키우기 힘들면 다른 부모에게 입양을 보내는 방법도 생각해볼 수 있고."

중간에 달림이 끼어들었다.

"아기는 우리가 키우면 돼요."

"우리?"

"지난번에 우리 삼총사가 키우자고 말했거든요. 그렇지? 얘들아."

달림은 미루가 아이를 낳고 싶어지도록 한마디라도 보태고 싶은 마음이었다. 지평이 큰 소리로 외쳤다.

"콜!!"

박 간호사 눈이 휘둥그레졌다가 곧 웃음기를 띠었다.

"눈물나는 우정이네? 후후……. 친구가 어떤 선택을 해도 존중하고 응원해줄 거지?"

"물론이죠."

미루는 표정이 조금 밝아졌다.

"생각해볼게요."

파도가 조금씩 거칠어지고 있었다. 멀리서 수평선 위 먹구름이 보였다. 네 사람은 제각각 생각에 빠졌다. 박 간호사가 음료수를 쭉 들이키고는 바다 쪽을 돌아다봤다.

"곧 태풍 온다더라……."

세 아이들도 함께 바다를 바라보았다.

달림은 박 간호사와 돌아오며 물었다.

"뱃속에 있는 아이 편인 거죠? 왜죠?"

박 간호사는 잠시동안 말이 없다가 입을 열었다.

"글쎄…… 내가 누군가의 편이 될 자격이 있을까?"

정말로 태풍이 몰려왔다. 그와 동시에 또 다른 태풍도 불어왔다. 미루의 집으로.

미루의 엄마가 사실을 알게 되었다. 미루는 정말 재수 없게도 임신 테스터기를 엄마에게 들키고 만 것이다. 아니 이건 재수 없는 정도가 아니라 최악으로 멍청한 거다. 미루는 당장 고문을 당했다. 그리고 사실을 불고 말았다.

"죽지 않게 된 것만 해도 다행이야. 이제 난 엄마가 하자는 대로 할 수밖에 없어. 내일 모레 병원에 가기로 했어."

미루는 곧 죽을 것 같은 얼굴로 말했다. 달림은 무섭고 슬프고 울고 싶었다.

결국, 이렇게 되는구나. 미루의 아기도 보풀이 되는 거야.

미루는 엄마에게 끌려 오렌지 병원에 갔다. 이번에는 진짜 엄마를 데리고 갔다. 그리고 미루는 엄청난 일을 벌였다. 탈출.

미루는 박 간호사에게 미리 도움을 요청했고, 수술실에 들어가는 척하며 도망을 친 것이다. 그 일을 박 간호사가 몰래 도왔다. 미루는 마지막 메시지를 남기고 사라졌다.

아직 아무것도 결정하지는 않았어. 다만, 지금은 아냐. 나에게 시간이 더 필요해. 너희들 곁을 떠나는 것은, 내가 자꾸만 너희들을 의지하는 게 부끄러워져서야.

어느 누구도 내 인생의 답을 가르쳐줄 거라고 생각하지 않아. 오직 나 혼자 내 인생에 대해서 결정해야 한다고 생각해. 일단 지금은 나만의 시간이 필요할 거 같아. 결정되는 대로 돌아올게. 친구들아. 사랑해.

미루는 정말 꼭꼭 잘도 숨었다. 아무도 미루를 찾을 수가 없었다. 삼총사, 베프조차 끊어버린 미루가 믿기지 않고 서운했다. 그렇게 독한 구석이 있을 줄 상상도 못했었다. 꼭꼭 숨은 미루를 찾기 위해 미루 엄마는 미친 사람처럼 사방을 쑤시고 다니기 시작했다. 하지만 찾지 못했다. 미루는 아예 세상에서 사라져버린 것 같았다.

당연히 미루 엄마는 득달같이 달림을 찾아왔다. 그러고는 독사 같은 눈을 뜨고 달림을 다잡았다. 하지만 달림도 미루의 소식이 궁금하기는 마찬가지였으니, 아무 말도 해줄 수가 없었다. 그리고 며칠 뒤, 미루 엄마는 다시 달림을 찾아 집으로 쳐들어왔다.

부쩍 상해 보이는 미루 엄마가 울면서 부탁했다.

“달림아. 우리 미루를 진정한 친구로 생각한다면 네가 좀 도와줘.”

“저도 미루가 어디로 갔는지 모른다니까요.”

미루 엄마는 달림의 말을 믿지 않았다.

“일단 돌아와서 얘기하자고 해.”

"글쎄. 저도 연락이 안 돼요. 전화도 꺼놨잖아요."

"수술 받으라고 말해. 수술하면 되는 거야. 감쪽같이."

달림은 벌컥 화를 냈다.

"감쪽같이요? 아기가 죽는 건 어떡하고요?"

"아기는 무슨 아기야. 낳은 것도 아닌데."

달림은 버럭거렸다.

"낳지 않았어도 아기예요. 뱃속에 엄연히 살아 있다는 걸 분명히 알고 있잖아요? 그 아기도 사람이에요. 아주 작은 사람. 아줌마하고 저하고 미루하고 똑같은, 사람이라구요."

미루 엄마는 다시 독사눈이 되었다.

"그래서 미루가 아이를 낳는다던? 우리 미루도 살아야 할 거 아냐?"

"저도 미루가 어떤 생각을 하는지 몰라요. 하지만 미루가 아이를 낳는다고 죽는 건 아니라는 건 알아요."

달림은 며칠 미루의 일로 넋이 나가 있었다. 몸살감기로 이틀을 꼬박 아프고 난 뒤에 달림은 귀신 놀이터부터 찾아갔다. 보푸라기는 뭘 하고 있을까? 엄마를 찾아 헤매고 다니는 건 아닐까?

노랑모자가 에밀레 별로 돌아가야 한다는 말이 생각나면 불안했다. 귀신 놀이터에 들어서자마자 혹시나 노랑모자가 나와 있지 않을까 불러봤다.

"보푸라기!"

수풀이 보스락거리며 노랑모자가 나타났다. 달림은 달려가 다짜고짜 노랑모자를 껴안았다. 노랑모자는 멀뚱멀뚱 달림을 수상쩍어하는 눈으로 바라봤다.

"톡톡톡!"

달림이 먼저 손가락을 내밀었다. 노랑모자는 고개를 갸웃거리면서 손가락을 맞췄다.

"톡톡톡! 왜 그래? 뒤뚱 씨. 내가 그렇게 보고 싶었어?"

달림은 기다렸다는 듯이 웃음을 터뜨렸다.

"그래. 보푸라기, 엄청 보고 싶었어."

노랑모자가 뾰록 투정을 부렸다.

"그런데 왜 이제 왔어?"

가만히 보니 달림을 기다렸던 모양이었다. 날마다 집 주변을 돌아다녔을지도, 횡단보도를 오락가락했을지도, 강아지를 쫓아다녔을지도, 아기를 안고 있는 엄마 뒤를 졸졸 따라다녔을지도, 귀신놀이터 그네에 혼자 앉아 있었을지도 몰랐다. 어쨌든 다시 만나니 좋았다.

내가 이 아이 엄마면 좋겠다. 나도 미루처럼 이 아이를 뱃속에 가지고, 낳고, 데리고 살면 정말 좋겠다.

"보푸라기야. 여기서 뭐하고 있었어?"

"만날 하던 거 하고 있었지."

"엄마 기다렸어?"

"응."

"엄마 만나면 뭐하게?"

"그냥. 엄마 하고 부를 거야."

"그리고?"

"엄마 엄마 이렇게 부를 거야."

"또 그다음에?"

"엄마 엄마 엄마……."

엄마라고 불러보고 싶어서 엄마를 찾는단 말인가. 아니지. 엄마라고 부르는 것에는 얼마나 많은 것이 담겨 있는데…… 톡톡톡, 이라는 말에 그렇게 여러 가지 뜻이 담겨 있는 것처럼. 달림은 속상하고 아팠다. 달림은 노랑모자를 무릎에 앉히고 그네를 탔다.

"보푸라기야. 인생은 어차피 혼자야."

노랑모자가 고개를 갸웃거렸다.

"엄마를 못 만나도 너무 실망하지 말란 뜻이야. 혼자서도 씩씩한 아이는 엄마가 없어도 괜찮은 거야. 우리 보푸라기는 씩씩하니까. 괜찮지?"

"너는 왜 엄마가 있어? 안 씩씩해서?"

"응. 난 엄청 겁쟁이고, 바보고, 혼자서는 아무것도 할 수 없어. 그래서 엄마가 있는 거야."

"흐음. 그럴 줄 알았어."

"너, 우리 엄마 봤지? 식당 아줌마 말이야."

"아. 울퉁불퉁 씨?"

"그래. 울퉁불퉁 아줌마가 얼마나 귀찮은지 알아?"

노랑모자가 종알거렸다.

"나도 귀찮은 거 해보고 싶어."

"일만 부려먹고 미워하고 치사하고 용돈도 쥐꼬리만큼 주고……."

노랑모자는 주절거리는 달림의 입을 부러운 눈으로 바라보았다.

"날마다 구박받느라고 내가 얼마나 서러운데. 확 집 나가버릴까, 생각한 게 한두 번이 아냐."

"구박받고, 확 집 나가버리고, 으크크…… 재밌겠다."

쉽게 먹혀들어가지 않았다. 달림은 슬슬 지쳤다.

"사실, 우리 엄마는 진짜 엄마가 아니야. 팥쥐 엄마야. 뭐, 엄마가 지겨워서 이제는 엄마 없이 살아보고 싶기도 해. 내가 돈만 있으면 벌써 집 나가서 혼자 살았을 거야."

말하다 보니 이야기가 어디로 가고 있는지 우스꽝스러워졌다. 달림은 고집쟁이 꼬마의 마음을 바꿔보려는 생각을 접었다.

"엄마 찾을 수 있는지 어디 점쳐볼까?"

계수나무 아래 노랑모자를 앉히고 나뭇가지를 하나 따 들었다.

"하나씩, 떼어봐. 엄마 찾는다 못 찾는다……."

노랑모자의 작은 손이 하트 모양 이파리를 떼어냈다. 달림이 리듬을 타며 소리를 냈다.

"찾는다 못 찾는다…… 찾는다! 어?"

"엄마 찾는대?"

노랑모자가 눈을 크게 떴다.

"응! 찾는대."

노랑모자가 다리를 대롱대롱 흔들며 좋아했다.

"엄마가 그렇게 보고 싶어?"

"응."

"그냥 내가 엄마 할까? 나를 그냥 엄마라고 불러봐."

"아니야! 엄마 아니야!"

노랑모자는 단호한 얼굴로 고개를 팩 돌려버렸다.

"피이! 나도 됐어."

뭐, 그래 엄마가 아니라도 엄마랑 아들처럼 놀면 되는 거지. 노랑모자는 달림을 끌고 숲 안쪽으로 들어가서 정체가 모호했던 기구들에 올라가 놀기 시작했다.

"보푸라기. 이 놀이터 알고 있었어?"

노랑모자가 까닥거렸다.

"이거 우리 보풀들 놀이터야. 가끔 슈가맨이랑 여기 와서 놀아."

아, 보풀들의 놀이터였던 거야. 노랑모자를 따라 우묵한 바구니에 들어가 눕자 바구니가 둥개둥개 흔들렸다. 그러자 노랑모자가 흥얼흥얼 노래를 불렀다. 넓고 넓은 바닷가에 오막살이 집 한 채

고기 잡는 아버지와 철모르는 딸 있다.

달림은 신기해서 물었다.

"보푸라기, 이 노래 어떻게 알아?"

"많이 들어봤어."

"그래? 어디서?"

"엄마 뱃속에서."

달림은 노랑모자를 따라 함께 노래를 불렀다. 내 사랑아 내 사랑아 나의 사랑 클레멘타인 늙은 애비 혼자 두고 영영 어디 갔느냐.

배꼽 속이 흔들흔들 물결치기 시작했다.

달림은 박 간호사에게 문자를 보냈다. 참, 박 간호사는 정말로 병원을 그만뒀다. 그리고 정말로 장호리에 식당을 개업할 준비를 하고 있다. 엄마 말에 의하면, 뭐 다국적 레스토랑을 한다나…….
엄마는 요즘 그 식당이 망할까 봐 박 간호사 대신에 큰 걱정을 해주고 있다.

언니. 질문 있어요. 혹시, 병원에 왔던 사람 중에 〈클레멘타인〉 노래 부르는 사람 봤어요?

달림은 요즘 박 간호사를 언니라고 불렀다. 미루 문제로 친해지고 나서 호칭이 영 어색했다.

"뭐라고 불러드릴까요?"

그때, 박 간호사는 수줍게 '언니'라고 부르라고 했다. 그래서 스무 살도 더 많은 언니가 갑자기 생겨버린 거다.

답이 금방 날아왔다.

이런? 병원에서 누가 노래를 부르겠어?

하긴요. 그냥 답답해서 물어봤어요.

노랑모자가 불쑥 말했다.

"내 이름 뭔지 가르쳐줄까?"

"이월오일이잖아?"

"진짜 이름은 요요! 엄마가 나를 그렇게 불렀어."

노랑모자는 손가락으로 톡톡 두드리는 시늉을 하며 말했다.

"아! 요요!"

노랑모자가 벌떡 일어나 삐딱이를 태워달라고 졸랐다.

"좋아."

달림은 노랑모자를 태우고 동네를 구경시켜주고 초등학교 운동장을 돌고 해안길을 달렸다. 등에 꼭 매달려 좋아라 하는 노랑모자를 보니 자신이 영락없는 엄마 같다는 생각이 들었다.

집에 돌아와 인형의 몸체를 완성했다. 이제 피부색을 입혀주고 볼륨감을 살려줄 차례다. 눈이랑 눈썹도 그려 넣어줘야 한다. 달림은 노랑모자의 모습을 떠올리며 작업을 했다. 눈을 정성껏 그려 넣자, 신기하게도 노랑모자를 닮아 보였다.

달림은 혹시나 하는 생각으로 미루에게 문자를 넣었다.

못된 친구야. 보고 싶다.

잠시 후, 기대도 하지 않았던 답장이 왔다.

친구야 나 잘 있어 걱정 마. 나도 보고 싶기는 해.
어디 있는지 말해줘. 나 혼자만 몰래 갈게.

이번에는 대답이 없었다. 달림은 서운해서 욕이 나오려고 했다. 그래도 무사히 살아 있다는 것만으로도 마음이 한결 놓였다.

그래, 미루야. 꼭꼭 잘 숨어 있어.

5부. 누구나 엄마 뱃속에서 살다가 태어난다

진짜 사람이었던

일요일은 낮에는 손님이 많지만 저녁 손님은 거의 없다. 장사를 끝낸 엄마는 주방 정리에 한창이다. 언니는 주말이면 멀리 떨어진 큰 도시로 하루 종일 특강을 들으러 갔다. 달림은 오랜만에 언니 방에 들어갔다. 책들이 책장에 빼곡하게, 방바닥까지 참고서들이 층층이 쌓여 있다. 엄마가 하루가 멀다 하고 들락거리면서 청소를 해주니 먼지 한 톨 안 보였다. 물론 팥쥐 엄마는 콩쥐 방은 거의 들어오지 않는다. 관심도 없고 청소도 해주지 않는다. 빨래가 켜켜이 쌓여서 곰팡이가 슬어도 해주는 법이 없다.

달림은 언니 책상에 앉아 상큼한 마음으로 두리번거렸다. 씨디 플레이어 단추를 눌렀다. 물소리 새소리에 이어 벌레 우는 소리가 들리고 바람 소리와 나뭇잎 부스스 부딪는 소리도 들렸다. 마음이 차분해졌다. 불쑥 언니 방에 들어온 이유가 생각났다.

"아 참, 옷 찾으러 들어왔지?"

지평과 영화를 보러 가기로 했다. 달림은 지평을 깜짝 놀라게 해 주고 싶었다. 교복치마 속에 체육복 바지, 추리닝, 유니섹스 후드티에 무릎 나온 청바지…… 뭐 이 정도가 달림의 패션 스타일이다. 말은 안 해도 달림의 차림새에 불만을 제기하는 지평의 눈빛을 달림도 전혀 모르진 않았다. 그래서 한 번쯤 여자다움을 보여 주고 싶은 생각이 들었다. 언니 옷을 뒤적거리자 슬그머니 웃음이 샜다. 배꼽 안쪽이 살랑살랑한 느낌이 당황스러웠다. 아무래도 내가 미친 거야.

언니 옷장 속에 깔끔하게 정리된 알록달록한 옷들을 보자 지금껏 언니의 헌옷을 물려 입은 억울함이 새삼스럽게 치밀어 올랐다. 옷장을 한참 뒤져 청회색 체크 원피스를 골랐다. 입고 나니 다리가 드러나 보여서 여간 어색한 게 아니었다. 달림은 치마 아래 하얀 바지를 껴입고 거울을 봤다. 뭐, 그럭저럭, "괜찮네" 소리가 나왔다. 지평은 뭐라고 할까?

달림은 벌여놓았던 옷을 제자리에 걸어 놓다가 옷장 아래, 신발 상자가 놓인 것을 보았다. 기왕이면 신발도 구색을 맞춰볼까?

상자를 꺼내 열어보니 신발은 없고 고이 모셔둔 듯한 짙은 파란색 공책이 한 권 있었다. 표지에는 아무 그림도 없었다. 표지를 들추자 손바닥만 한 그림이 한 장 붙어 있었다. 빛바랜 누런 종이에

잉크로 그린 그림이었다.

한 웅크린 아기가 동그란 주머니 같은 곳에 들어앉아 있다. 주머니는 칼로 자른 듯 단면으로 그려져 있고 그 안에 있는 아기 몸에는 탯줄 같은 것이 이어져 있다. 그림을 그려놓은 나머지 공간에 수많은 알파벳 글자들이 깨알같이 적혀 있다. 그림 아래에 '자궁 속의 태아' '레오나르도 다 빈치'라고 쓰여 있다.

아, '태아' 그림이다. 보풀들이 떠올랐다. 데이트 생각에 봉봉 떠오르던 마음이 무겁게 가라앉았다. 언니는 왜 이 그림을 여기에 붙여뒀을까?

이때, 엄마가 달림을 부르는 소리가 났다. 시간을 보니, 나가야 할 시간이 훌쩍 넘어갔다. 일 시키려고 부르는 엄마에게 들키면 외출은 끝이다. 달림은 얼른 공책을 상자에 넣어 있던 자리에 두었다. 안개 속으로 한 걸음 들어간 느낌이 들었다.

달림은 엄마 몰래 살금살금 집 밖으로 나왔다. 막 삐딱이를 꺼내는데, 낯선 소리가 들렸다. 으아아아아웅!

집에서 마주 보이는 골목에 얼룩덜룩한 고양이 한 마리가 사납게 공격 자세로 어딘가를 노려보고 있었다. 보니, 그 대상은 담벼락에 딱 붙어 서 있는 노랑모자였다. 달림은 반사적으로 노랑모자를 향해 달렸다. 노랑모자는 잔뜩 겁을 먹은 얼굴로 쪼그려 앉았다. 그때 맞은편 양철지붕 위에서 다른 고양이 한 마리가 풀썩 뛰어내려 노랑모자를 수호하듯 막아섰다. 그러고는 맹수 같은 입을

찍 벌리고는 얼룩 고양이에게로 접근했다. 낯익은 모습. 달림이 그렇게 그리워했던 고양이, 줄무늬였다. 두 고양이는 잡아먹을 듯 노려보며 날카롭게 대치했다. 줄무늬가 곧이어 찢어질 듯 소리를 냈다. 하아아아아아아옥! 이 구역의 미친년은 나야 옹!

얼룩 고양이가 고개를 슬쩍 돌리며 대답했다. 이아아아웅! 나는 그냥 지나가는 중이었어옹! 얼룩 고양이가 슬금슬금 달아났다. 줄무늬가 보푸라기를 구했다.

"줄무늬!"

줄무늬는 무척 뚱뚱해져 있었다. 줄무늬는 반가워하는 달림을 빤히 보다가 눈을 한 번 깜박했다. 그러고는 시크하게 고개를 돌리고는 다른 곳으로 가버렸다. 나쁜 녀석 얼마 만에 만났는데…….
역시, 줄무늬의 도도함은 변하지 않았다. 이때, 달림의 팔꿈치에 톡톡톡! 신호가 왔다. 달림은 냉큼 노랑모자를 돌아보며 꾸짖듯 물었다.

"여기서 뭐해? 또 날 기다리고 있었어? 고양이가 막 덤비면 도망가야지. 위험하잖아. 일단 누나 방에 가 있어. 누나 지금은 바쁘거든."

노랑모자가 얄밉게 말했다.

"지금 너랑 못 놀아. 저 야옹이랑 놀아야 해."

노랑모자는 줄무늬의 뒤꽁무니를 바쁘게 쫓아 달아났다.

달림은 지평과 나란히 앉아 영화를 보면서 자꾸 다른 생각에 빠져들었다. 언니의 공책 속에 있던 그림, 줄무늬, 노랑모자를 위협하던 얼룩 고양이. 이런저런 생각이 자꾸만 달림의 머릿속을 비집고 들어왔다.

집에 돌아오니, 언니는 벌써 들어와 책상 앞에 곧게 앉아 있었다.

다음 날 학원을 마치자마자 최대한 빨리 삐딱이를 몰았다. 언니 방에서 보았던 공책이 궁금해서 마음이 조급했다. 언니가 과외를 마치고 들어오기까지 세 시간 정도 여유가 있다. 엄마가 식당으로 동원하지만 않는다면 뭔가를 알아낼 수 있으리라.

집으로 들어오자마자 바로 언니 방의 옷장을 열고 상자를 꺼냈다. 상자 뚜껑을 열자 공책이 보이지 않았다. 어떻게 된 일일까? 언니가 무슨 눈치를 챈 건가? 그 그림의 정체는 뭘까? 인터넷 검색으로 그림의 정체에 대해 알아봤다.

인체에 관심이 많던 레오나르도 다 빈치가 해부학 드로잉을 해놓은 것 중에, 죽은 임산부의 뱃속에 있던 태아를 그려놓은 것.

어느 동화 속, 태어나기 위해 줄을 서서 기다리고 있는 아이들 이야기가 생각났다. 그리고 자동으로 삐뚤빼뚤 줄을 서던 보풀들이 떠올랐다. 엄마 뱃속 바구니에서 잠을 자고 있던 아기들. 노랑모자, 마리, 그리고 해맑게 뛰어놀던 보풀들, 슈가맨……. 배꼽 안쪽이 짜르르 울렸다. 언니는 왜 그 그림을 가지고 있던 걸까? 언니도 나처럼 보풀들의 정체를 알고 있는 걸까? 자꾸만 생각이 어딘가로 꼬불꼬불 미끄러져 들어갔다. 거기는 미로 속이었다.

"보푸라기. 뭐해?"

노랑모자가 식당 뒤쪽 쓰레기통 앞에 검은 쓰레기봉투를 들고 서 있었다. 달림은 노랑모자 손에서 쓰레기봉투를 뺏었다. 발라내 버린 생선 내장이 들어 있었다.

"이런 거 만지면 안 돼."

달림이 야단을 치자 노랑모자는 풀이 죽어 고개를 숙이고는 입술만 쪽쪽 빨았다. 떡볶이 사건이 생각났다. 배꼽 안쪽이 쿡쿡 저리고 목이 울컥 아파왔다. 나는 왜 이렇게 무심하게 잘 살고 있는 거야? 어떻게 보푸라기를 모른 척하고 살 수 있는 거지?

달림은 자신이 미워지려고 했다.

"보푸라기, 배고파서 그랬어?"

노랑모자는 고개를 살래살래 흔들더니 조심스럽게 말했다.

"엄마 야옹이…… 먹으라고."

"엄마 야옹이?"

노랑모자는 고개를 수선스럽게 끄덕거렸다. 그 하얀 얼굴 위에 빗방울이 톡톡 떨어지기 시작했다. 노랑모자를 따라가 보니 줄무늬가 창고 담벼락 판자 뒤 구멍 속에 엎드려 있었다. 노랑모자가 줄무늬의 배를 들춰 보여줬다. 꼬물꼬물 움직이는 것이 네 마리나 되었다.

"하이고! 줄무늬 암놈이었어?"

달림은 새끼들을 가까이 들여다봤다.

"아우, 예뻐라!"

달림이 감탄을 하자 노랑모자가 바보처럼 우헤헤, 웃었다.

"예쁘지?"

자기 새끼라도 되는 듯이 자랑스러움이 얼굴에 가득 담겨 있었다. 노랑모자가 달림의 손에서 봉지를 채어 생선 찌꺼기를 줄무늬 앞에 쏟았다. 줄무늬는 냄새를 맡고는 야금야금 씹어 먹기 시작했다. 지난번에 줄무늬가 노랑모자를 구해줬던 일이 생각났고, 달림은 궁금했다.

"너희 둘이 아는 사이였니?"

노랑모자는 듣는 둥 마는 둥, 새끼들 이마에 손가락을 대고 톡톡거리기 바쁘고, 줄무늬도 달림을 본 둥 만 둥 먹기에 바빴다. 분명한 것은 둘 사이가 아주 스스럼이 없다는 것. 아마도 길거리 친구인 게 맞는 것 같았다. 거리를 배회하던 노랑모자와 줄무늬가 서로 알아보고 서로 의지가 되었을지도 몰랐다.

비가 본격적으로 부슬거리기 시작했다. 엉성한 판자 아래여서 줄무늬와 고양이 새끼들은 튀는 빗물에 털이 젖기 시작했다. 어쩌나, 고민 끝에 달림은 노랑모자와 모의를 했다.

"여기에 두면 비 맞아서 새끼들이 죽을 수도 있어."

"안 돼. 죽으면 안 돼."

노랑모자는 금방 눈물을 뚝뚝 흘렸다. 달림은 얼른 노랑모자를 안아주며 달래야 했다.

"그러니까 우리가 다른 곳으로 옮겨주자고. 그리고 따뜻한 걸 먹여야 해."

노랑모자가 울음을 그치고 안타까운 듯 줄무늬 등을 쓰다듬었다.

"어디가 좋을까……?"

생각해봐도 갈 데가 있을 리가 없었다.

"일단 우리 집으로 가자. 울퉁불퉁 아줌마가 알면 안 되니까, 이제부터 작전을 잘 짜야 해."

작전은 이랬다. 달림이 가게에 들어가서 엄마의 시선을 돌린다. 그 사이에 노랑모자가 고양이들을 방으로 데리고 들어간다. 성공 확률이 그리 높을 것 같지는 않았지만, 어쨌든 급한 대로 그 방법밖에 떠오르지 않았다. 빗발이 점점 거세지고 있어 더 이상은 망설일 시간이 없었다.

달림은 먼저 뒷문을 열어두고 노랑모자와 줄무늬 가족을 대기시켰다. 그다음, 가게로 들어가서 먼저 텔레비전을 크게 틀었다. 고양이 소리라도 들릴까 봐서. 뉴스 시간이었다. 달림의 신호를 받은 노랑모자가 새끼 한 마리를 품에 안고 방으로 들어갔다. 당황한 줄무늬가 잠깐 망연자실 바라보다가 몸을 일으켜 노랑모자 뒤를 따라 들어갔다.

"텔레비전 소리가 왜 이렇게 커."

엄마가 주방에서 고개를 내밀고 짜증을 냈다. 그때를 맞춰 새끼가 미아옹, 소리를 냈다.

"이게 무슨 소리야?"

엄마가 주방 밖으로 나오며 중얼거렸다. 아차, 다 틀려버렸다. 달림은 엄마와 투쟁할 각오를 단단히 할 수밖에 없었다. 비 오는 날 새끼고양이들을 지켜야 하는 의지만 불타올랐다. 그때 누군가 식당 문을 열고 들어왔다.

"저 왔어요."

박 간호사였다. 천사처럼 등장한 박 간호사는 엄살을 부렸다.

"배고파. 기절하겠네. 초고속 해물 파전 한 판이요. 병원 근처에 다시는 얼씬도 하기 싫은데, 비가 오는 날이면 유정식당 파전을 참을 수가 없네. 중독됐나 봐요."

엄마는 헤벌레 반가운 기색으로, 냉큼 초고속 파전을 만들러 주방으로 물러갔다. 달림은 박 간호사를 보고 손을 들었다.

"헤헤. 언니, 안녕하세요?"

박 간호사가 눈을 찡긋하면서 손짓을 했다. 달림은 시키지도 않은 소주를 가져다 정성스럽게 한잔 따라 올렸다. 환상의 타이밍을 보여준 천사님에게 감사의 마음을 담아서. 그다음에 달림은 얼른 밖으로 나가 나머지 고양이를 배 안에 구겨 넣고 노랑모자를 등 뒤에 숨겨 도둑걸음으로 방에 들어갔다. 아, 진땀이 나고 있었다.

식당에는 엄마와 박 간호사의 수다 소리가 들렸다. 박 간호사의

호호호, 웃음소리도 섞여 들렸다. 그 웃음소리를 듣자니 왠지 모든 게 안심이 되었다.

달림은 주방으로 살그머니 들어가 조개 된장국에 밥을 조금 말아서 방으로 가져갔다. 줄무늬는 아직도 허기가 남아 있었는지 맛있게 밥을 먹었다. 노랑모자는 밥을 먹는 줄무늬에게서 눈을 떼지 못했다. 아주 기특해 죽겠다는 눈빛이다. 제법 의젓한 그 모습에 짠해졌다. 저도 아기면서 어른처럼 굴고 있잖아. 피식, 웃음이 나왔다.

줄무늬는 폭신한 이불 위에서 새끼들에게 젖을 물리고 평온한 모습으로 눈을 감고 있다. 무척 고단했던 모양이었다. 노랑모자가 새끼 고양이들을 가리키면서 속닥거렸다.

"야옹이 보풀이다 그치? 헤헤."

그러고는 무척 심오한 얼굴로 또랑또랑하게 말했다.

"이렇게 있으니까 나도 꼭 사람이 된 것 같다. 그치?"

마음이 아팠다.

"뭐? 너, 사람이잖아?"

노랑모자가 또박또박 말했다.

"진짜 사람은 아니잖아?"

"무슨 소리! 너도 진짜 사람이야……."

그리고 나머지 말은 밖으로 하지 못했다.

다만 태어나지 못한 작은 사람이지.

"그래. 맞아. 나도 진짜 사람이었어. 그러면 지금도 진짜 사람이지? 그치?"

달림은 노랑모자의 간절한 눈빛을 차마 마주 보지 못했다.

지붕에 비 내리는 소리가 둑둑두두둑! 들려왔다. 밤이 점점 늦어지고 있었다. 노랑모자는 고양이들 옆에서 진짜 사람이 돼서 행복하다는 얼굴로 잠이 들었다. 줄무늬도 새끼 고양이들도 깨어날 생각을 안 하고 있다. 달림은 이렇게 예쁜 애들과 함께 있는 게 행복했고, 손님들이 찾아와 복닥거리는 이 방이 전혀 궁상맞지 않아서 뿌듯했다. 다만 노랑모자의 관심을 고스란히 고양이에게 양보한 피규어들이 조금 안쓰러워 보이긴 했다.

언니가 집으로 들어오는 소리가 났다. 엄마는 박 간호사와의 한잔이 또 오버되었는지, 그냥 곯아떨어진 상태였다. 언니 방에서 음악 소리가 들렸다. 노랑모자가 눈을 반짝 뜨고는 음악 소리를 향해 두리번거렸다. 그러고는 소리를 따라 흥얼거리기 시작했다. 달림이 소곤거렸다.

"옆방에서 나는 소리야. 우리 팥쥐 언니가 돌아왔거든."

노랑모자는 피아노 소리에 집중하면서 그쪽을 자꾸 바라봤다. 줄무늬도 어느새 잠이 깨어 고개를 세우고 귀를 쫑긋거렸다. 조금 뒤에 언니의 버릇, 톡톡 톡톡, 책상을 두드리는 소리를 냈다. 노랑모자가 휙 고개를 들었다. 눈알이 반짝 커졌다.

“엄마!”

달림은 깜짝 놀라 물었다.

“엄마?”

그때 새끼 고양이 한 마리가 미아옹, 하고 울었다. 다른 고양이도 따라 울었다. 줄무늬가 눈을 뜨고는 새끼 고양이들에게 야아아옹, 하고는 길게 대답했다. 달림은 고양이들에게 쉿, 신호를 보냈다. 노랑모자도 달림을 따라서 쉿, 소리를 냈다. 달림은 걱정이 몰려왔다. 이 어린것들을 언제까지 데리고 있어야 하나 캄캄했다. 엄마가 알면 고양이들은 물론 쫓겨날 것이고 노랑모자도 돌아가야 할지도 모른다. 다행인지 지붕에 떨어지는 빗소리는 쉬지 않고 들렸다.

그때 방문이 스르르 열리고 언니의 얼굴이 나타났다. 달림은 놀랄 틈도 없이 눈알이 점점 뚱그레지는 언니를 급하게 방 안으로 잡아끌었다.

노랑모자는 언니를 보자 얼음처럼 굳어버렸다. 눈도 깜빡거리지 않고 한참 동안 언니만 뚫어져라 바라보았다. 언니는 해실해실 웃기 시작했다.

“이 애는 누구야? 고양이들은 뭐고?”

달림이 굳어 있는 노랑모자를 살살 흔들며 언니에게 소개했다.

“헤헤헤. 얘는 내 친구? 아니, 내 동생? 아니, 보푸라기야.”

언니가 노랑모자 얼굴 가까이 제 얼굴을 들이대면서 눈이 아슴

슴해졌다. 어릴 적 인형에 홀리던 그 눈빛이었다.

"보푸라기?"

"헤헤헤."

얼음처럼 굳었던 노랑모자가 해실해실 웃기 시작했다. 언니 웃는 얼굴과 노랑모자 웃는 얼굴이 닮아 보였다. 특히 웃는 반달눈이 무척 닮았다.

"이 예쁜 애는 어디서 왔니?"

"응. 조오기 사는 꼬마야. 고양이가 새끼를 낳았는데 비가 너무 많이 오길래 데리고 들어왔어. 이 꼬마가 고양이 보호자고. 엄마한테는 비밀이야. 알았지?"

"그랬구나. 참 예쁘게도 생겼다."

언니가 노랑모자의 볼을 살살 쓰다듬었다. 노랑모자가 불쑥 언니에게 손가락을 내밀었다.

"톡톡톡?"

"엉?"

언니가 깜짝 놀라 갸웃거렸다.

"톡톡톡!"

노랑모자가 재촉했다. 언니가 노랑모자 손가락에 자기 손가락을 부딪치며 따라 했다.

"톡톡톡……!"

노랑모자는 언니에게 바싹 붙어 앉더니 고개를 꺾고 언니 얼굴만 뚫어져라 바라봤다. 언니가 맘에 드는 모양이었다. 그러더니 대뜸 언니 품으로 얼굴을 들이밀었다.

"엄마 냄새!"

언니가 깜짝 놀라고 달림은 당황했다. 달림은 얼른 노랑모자 품에 고양이를 안겨줬다.

"고양이 냄새도 맡아봐."

노랑모자는 새끼 고양이 주둥이에 코를 킁킁거렸다.

"보풀 냄새 난다. 꼬리꼬리" 하고는, 대뜸 언니 손에 고양이를 넘겼다. 언니는 새끼 고양이를 두 손에 받쳐 들고 헤벌쭉 들여다봤다. 노랑모자는 그런 언니의 모습을 보고는 나머지 새끼들도 주워 날랐다. 줄무늬가 앞발을 휘휘 내저어 방어를 했지만 노랑모자는 엉덩이를 삐죽 내밀어 줄무늬를 따돌려버렸다. 줄무늬는 포기한 듯 납작 바닥에 엎드렸다.

언니가 고양이들을 한 마리씩 들여다보는 사이에 노랑모자는 언니 곁에 껌딱지처럼 붙어 오매불망한 눈길로 떨어질 생각을 안 했다. 언니는 느긋하고 행복해 보였다. 노랑모자와 눈이 마주치기만 하면 둘이서 좋아 죽었다. 완전 눈꼴사나웠다. 노랑모자는 달림에게는 싹, 관심을 거두고 눈길 한 번 돌리지 않았다. 졸지에 투명인간이 되고 나니 샘이 났다.

"언니! 이제 그만 가서 공부해."

달림이 심술맞게 부룩거렸다. 그러나 언니는 아예 바닥에 벌러덩 누웠다.

"싫어. 그냥 여기서 잘래."

노랑모자도 발랑 언니 옆구리에 누워버렸다. 한쪽에 예쁜 꼬마, 다른 한쪽에 새끼 고양이들을 차지한 언니는 황홀한 표정으로 눈을 감았다. 달림은 심술이 나면서도 오랜만에 보는 언니의 편한 얼굴이 보기 좋았다.

쉽게 잠이 오지 않았다. 엄마 잃은 아이와 공부벌레 학생과 집 없는 고양이 가족 다섯 마리. 콩쥐 방에 찾아온 손님들을 하나하나 바라보니 왠지 뿌듯함이 밀려왔다. 이어서 이 가엾은 영혼들을 다 지켜줘야만 할 것 같은 대책 없는 책임감 같은 것도 꾸역꾸역 올라왔다. 창밖에 비 오는 소리가 음악 소리처럼 듣기 좋았다.

달림은 꿈을 꾸었다. 미루가 이상한 교복을 입고 막 달려와 손을 내밀다가 다시 뒤로 돌아섰다. 달림은 아쉬워서 미루를 붙잡으려고 손을 내밀었지만 미루는 손에 잡히지 않았다.

꿈을 꾸는 사이였을까? 간밤에 미루가 문자를 보냈다.

친구야. 내가 그렇게 되고 싶지 않았던 엄마라는 이름에 대해서 날마다 생각하고 있어. 엄마라는 이름은 용기가 없으면 받을 수 없는 이름인 것 같아. 내 걱정은 마.

그리고 미루는 얼굴 셀카 한 컷도 보냈다. 미루의 얼굴은 엊그제

본 듯 그리 많이 변한 것 같지 않았다. 볼살이 조금 홀쭉해졌고, 화장은 여전히 정성껏 하는 것 같았다. 다만 눈빛은 달라져 있었다. 뭐랄까? 유구한 눈빛이랄까? 아무튼 엄청 철이 들어 보였다. 왠지 모르게 마음이 놓였다.

비밀공책 속, 나의 아기야

다음 날 집에 돌아오자마자 달림은 언니의 방으로 들어갔다. 공책을 한 번 더 찾아보고 싶었다. 책상 서랍 옷장을 다 뒤지다가 침대 시트 밑에 꼭꼭 숨겨놓은 파란 표지의 공책을 드디어 발견했다. 달림의 머릿속이 복잡해지기 시작했다. 언니는 왜 이 공책을 숨겼을까?

표지를 열자 그 그림이 나왔다. 얼른 다음 장을 넘겼다. 일기가 적혀 있었다.

2011년 1월 7일.

나의 아기에게.

안녕?

나는 너의 엄마야.

쿵! 달림 가슴이 내려앉았다. 자기가 엄마라니…… 이게 무슨 소리야?

나를 만나러 온 너를 환영해.

아주 오래전부터 줄을 서서 나를 기다렸겠지? 이렇게 내 속으로 들어와줘서 고맙다. 눈물겹도록 고맙다.

맨 처음, 네가 내 몸에 들어온 걸 알고 많이 놀랐었어. 나는 너를 만날 아무 준비가 돼 있지 않았거든. 미안한 말이지만, 정말로 무섭고 겁났단다. 죽어버리고 싶을 만큼.

하지만 지금은 네가 있어서 좋아. 이제 나는 혼자가 아니야. 너와 함께 자고 일어나고 너와 함께 음악을 듣고 노래를 한다. 그리고 너와 함께 별을 보고 바다를 본다.

언제나 내 속에서 나를 지켜주는 너 때문에 나는 행복하단다. 나의 아기야.

언니는 엄마가 된 것일까? 정말로? 언니는 아이를 낳은 적이 없는데, 그렇다면……

다음 장을 넘기는 손끝이 바들바들 떨렸다.

1월 8일.

너의 아빠 이름은 이민석이야. 아주 멋진 사람이란다.

우리는 한 몸처럼 서로 사랑해서 너를 만들었단다.

아직은 너의 존재를 아빠에게 말하지 못했지만, 곧 알려줄 거야.

아마도 아빠는 세상을 다 얻은 것처럼 기뻐해줄 거야.

조금만 기다려. 아빠를 만날 때까지 건강하게 잘 지내야 해.

충격이다. 언니는 민석 오빠와 한 몸처럼 사랑했고 임신을 한 거였구나. 그럼 언니의 아기는 어디로 갔을까?

1월 10일.

오늘은 몸이 너무 힘들어서 양호실에 누워만 있었다.

밥을 먹어도 속이 좋지 않아 하루 종일 굶었단다. 저녁에는 학원도 가지 못하고 친구네 집에 가서 누워 있다가 왔어.

아가야. 네가 내 속에 들어 왔다는 게 또 실감이 난다.

한 생명을 얻으려면 엄마들은 이렇게 힘이 드는 거구나.

몸이 아무리 불편해도 나는 즐겁다.

네가 나에게 와 있으니까.

엄마도 이 사실을 알고 있었을까?

작년 그때쯤 엄마의 얼굴을 떠올려보려고 했다. 하지만 뾰족한 기억이 없었다. 다음 일기는 며칠 뒤로 뛰어 넘어가 있었다.

1월 15일.

입덧이라는 게 이렇게 힘든 거구나.

며칠째 밥을 제대로 먹을 수가 없어서 많이 힘들었다. 사람들 앞에서는 먹는 척이라도 해야 하는데 속이 받아주지를 않는다. 행여라도 들킬까 봐 걱정이다. 아가야. 이 엄마를 지켜줘. 네가 있어서 나는 하나도 무섭지 않다.

언니의 모습이 보이는 듯 눈물겨웠다. 미루가 떠올랐다. 하루하루 싸우듯 꼭꼭 숨어 있을 미루.

1월 16일.

네 아빠에게 말했다. 네가 내 속에 함께 있다는 것을.

아빠는 많이 놀란 것 같았어. 무뚝뚝했던 건 너무 기뻐서 그런 걸 거야. 하지만 나는 알아. 아빠도 사실은 속으로 엄청 기뻐서 막 뛰고 싶었을 거야. 엄마는 너를 위해 무엇이든지 다 할 각오가 되어 있단다. 사랑해.

그런데 언니는 임신을 했던 표시가 전혀 나지 않았다. 배가 커진 적도 없었다. 그럼 어떻게 된 걸까?

1월 19일

결국 너의 존재를 들켜버리고 말았다. 엄마의 엄마에게.

엄마의 엄마는 쓰러져버리고 말았어. 기뻐서 그랬으면 좋겠지만 사실은 너무 슬퍼서 그런 거야. 그래서 나도 슬펐어.

엄마 나이는 그렇게 어리지 않은데, 엄마의 엄마가 보기에는 그렇지 않은가 봐.

정말 무서워. 그래도 괜찮아. 나에게는 네가 있으니까.

네 이름을 지었어. 요요. 어때? 맘에 든다구?

그럴 줄 알았어. 요요는 네 아빠가 아주 좋아하는 장난감이야. 손 안에 쏙 들어오는 동그란 것이 공중으로 훨훨 날아다녀. 그러다가 언제나 다시 손 안으로 쏙 돌아온단다. 아빠가 요요를 만질 때 행복해하는 얼굴을 너도 곧 볼 수 있을 거야. 요요. 내 아기, 사랑해.

달림은 깜짝 놀라 얼음처럼 굳었다. 요요라고? 요요라면……, 보푸라기도 엄마가 불러주던 이름이 요요라고 했는데. 이건 우연이겠지? 우연일 거야.

배꼽 안쪽이 날카로운 바늘로 쿡쿡 찔리는 것 같았다. 머릿속이 하얗게 엉켜버렸다. 달림은 무서워서 일기장을 계속 볼 자신이 없어 덮어버렸다. 그리고 도망치듯 언니 방을 나와 침대 위에 돌처럼 누워 있었다. 아무것도 할 수 없었다. 아무것도 보이지 않았다.

아닐 거야. 그럴 리가 없어.

달림은 창문을 열고 크게 숨을 쉬어보았다. 그리고 욕실로 달려가 찬물로 샤워를 했다. 하지만 배꼽의 통증과 쿵쿵거리는 가슴이 조금도 진정되지 않았다.

엄마와 언니가 눈물을 흘리던 그날, 나는 뭘 하고 있었지? 달림은 간신히 기억의 끄트머리를 잡아 끌어당겼다.

추운 겨울 언니가 집을 나갔고, 한 달쯤 뒤에 엄마에게 끌려서 들어왔고, 그리고…… 언니가 아팠었다.

정신을 차려보니 달림은 어느새 언니 방으로 돌아와 있었다. 다시 일기장을 펼쳤다.

1월 20일.

안녕? 나의 요요.

나는 너를 지키기 위해 내 목숨을 다 할 거야.

그러니까 무서워하지 마.

내 목숨만큼 너를 사랑해.

1월 22일.

사방에 온통 괴물들이다.

그 괴물들은 내 속에 있는 너를 노려보고 있어. 내 아기 요요. 엄마가 꼭 지켜줄게.

1월 25일.

너를 지키고 싶어. 너와 함께 살 수 있다면 난, 뭐든지 할 생각이었어. 이런 엄마의 말을 믿어줄 거지? 사랑하는 나의 천사야.

세상이 어떻게 되더라도 엄마는 언제나 너의 편이야. 이 말도 믿어줄 거지?

하늘만큼 땅만큼 바다만큼 사랑해. 우리 요요!

1월 26일.

아가야. 엄마 마음이 급하다.

엄마에 대해서 말하고 싶구나. 네가 알아뒀으면 좋겠어.

엄마의 이름은 허해림이야. 엄마는 녹차 푸딩을 좋아하고, 자전거 타는 걸 좋아해. 그리고 라흐마니노프 피아노협주곡 3번을 좋아해. 엄마의 꿈은 사막에 가보는 거야.

요요. 사랑해.

언니는 며칠 병원에 입원을 했다가 집으로 돌아왔었다. 그리고 한동안 더 아프고 틈만 나면 울었다. 그러고 나서 슬그머니 끝났던 것 같다.

2월 3일.

죽을 때까지 너를 잊지 않을 거야.

내 아기. 요요. 언제까지라도 엄마를 잊지 말아줘.

우리는 다시 만날 거야. 꼭.

사랑해. 하늘만큼 땅만큼 바다만큼 사랑해.

안녕.

일기는 여기서 끝이었다. 더 이상 언니는 일기를 쓰지 않았다.

이렇게 끝난 거야? 언니와 요요는? 그럼 요요는? 에밀레 별로 갔을까? 아, 안 돼.

가슴이 마구 방망이질 쳤다. 달림은 한참 동안 꼼짝도 할 수 없었다. 요요와 보푸라기는 같은 아이일까?

달림은 여기서 더 이상 물러설 수 없었다. 답을 찾아야만 했다. 세상에 엄마가 요요라고 부르는 애들은 얼마나 많을까? 그래. 아주 많을 거야. 그렇게 생각하고 싶었다. 아니, 아무 생각도 하고 싶지 않았다. 하얗게 지워버리려고 머리를 세게 흔들었다. 다 잊어버리고 싶어.

일기장을 덮고 집에서 나왔다. 나오자마자 눈물이 줄줄 새어나왔다. 저도 모르게 귀신 놀이터 쪽으로 갔다. 답을 찾기 위한 다음 단계로 넘어가야 한다는 듯.

어디서부터 잘못된 것일까? 보푸라기는 정말 언니의 요요일까? 그렇다면, 언니와 엄마를 이해해야 하는가? 그럼, 보푸라기는? 보풀들은?

달림은 귀신 놀이터 안으로 들어갔다. 희미한 달빛에 나뭇잎 그림자들이 땅바닥에 누워 흔들렸다. 계수나무 아래 앉아 계속 물었다. 아무도 대답할 수 없는 물음을. 이제 나는 어떻게 하지? 더 이상 눈물이 나오지 않을 때까지 한참 동안 앉아 있었다.

하늘만큼 땅만큼 바다만큼 보고 싶은

보푸라기를 만나기가 두려워졌다. 이제는 용기가 필요했다. 한참을 망설이던 끝에 달림은 보풀 아지트를 찾았다. 모래밭에는 보풀들이 뒹굴고 있었다. 세상없이 천진한 모습으로. 아픔도 슬픔도 전혀 상관없어 보이는 모습으로. 노랑모자는 보이지 않았다. 달림은 엄마 뱃속 동굴로 들어가 봤다. 엄마 뱃속의 묵직한 리듬이 달림의 몸을 감싸며 울렸다. 쿵쿵, 졸졸, 사르륵 스르륵, 철썩철썩…… .

달림은 노랑모자의 엄마 바구니를 찾아 다가섰다. 떨리는 손으로 바구니 덮개를 살며시 열었다. 바구니 속에는 한 뼘 크기의 아기가 누워 있었다. 태아가 된 노랑모자. 달림은 울컥 솟아오르는 눈물을 닦았다.

노랑모자는 두 손과 양 다리를 가슴에 꼭 모으고 잠들어 있었다. 보송보송한 솜털, 투명하고 발그레한 피부, 짙은 속눈썹, 꼭 감은 눈…… 엄마 젖 먹는 꿈을 꾸는지 입술을 오물오물거렸다.

"보푸라기야."

달림은 겨우 소리 내어 불렀다. 노랑모자는 들었는지 못 들었는지 눈을 뜨지 않은 채 희미하게 웃었다. 그러고는 콩알만 한 발가락들을 꼬물꼬물 움직이더니 다리를 쭉 뻗었다 다시 오므렸다. 달림은 솟아오르는 눈물을 닦고 또 닦았다.

달림은 엄마 뱃속 동굴을 나와 슈가맨 앞에 앉았다.

"보푸라기의 엄마 말예요……."

슈가맨은 뜨개질을 멈췄다. 눈빛에는 불안과 기대가 동시에 떠올랐다.

"아직 완전히 확인되지는 않았지만, 엄마인지도 모를 사람이 있어요."

"찾은 거야?"

달림은 천천히 고개를 끄덕거리다가 말고 세차게 흔들었다.

"아니, 아직 모르겠어요. 그런데 맞는 것 같기도 하구요. 아니 모르겠어요."

슈가맨은 입을 꾹 다물고 듣기만 했다. 말은 안 해도 무척 궁금한 눈빛을 숨기지 못했다.

"보푸라기가 엄마에 대해서 많이 알고 있더라고요. 엄마 버릇,

좋아하는 노래, 엄마가 붙여준 이름…… 제 언니도 요요라는 아기를 낳을 뻔했대요."

달림이 울음을 터뜨렸다. 슈가맨은 안경을 올렸다가 내렸다가 몇 번이나 고쳐 쓰다가 입을 뗐다.

"아직 확실하지는 않은 거야?"

"언니 일기장을 봤어요. 요요라는 자기 아기에게 쓴 일기가 있더라고요. 그 아기는 에밀레 별로 간 것 같아요."

슈가맨은 신중한 얼굴로 길게 숨을 내쉬었다. 그러고는 설탕을 달림에게 내밀었다.

"그래서 그 동네를 그렇게 맴돌았던가 보다."

처음 동네를 맴돌던 노랑모자를 쓴 아이를 만났을 때를 떠올리니 너무 아팠다.

모든 게 다시 시작이면 좋겠어. 보푸라기를 만나기 전으로, 아니, 언니가 민석 오빠를 만나기 전으로, 아니, 그보다 더 오래, 언니와 인형놀이 하던 시간 속으로, 더더 오래전으로, 내가 나인 줄도 몰랐던 시간 속으로.

"언니가 정말 보푸라기의 엄마일까 봐 무서워요. 보푸라기가 엄마를 찾았으면 좋겠다고 진심으로 원했는데, 왜 이렇게 힘든지 모르겠어요."

달림은 멍하니 앉아 있다가 벌떡 일어났다.

"보푸라기를 생각해야겠죠? 엄마를 그렇게 만나고 싶어 하는 걸 알면서도 이대로 그냥 있으면, 저는 너무 비겁한 거겠죠?"

슈가맨의 눈가가 축축해졌다.

"두 사람이 서로 알아보게 놔두는 게 좋지 않을까? 꼭 만날 사람들이라면 어떻게든 만날 테니."

"놔두라고요?"

슈가맨은 확신에 찬 목소리로 말했다.

"두 사람에게 맡겨보자."

달림이 일어나 놀이터 모래밭으로 나가자 노랑모자가 멀리서 달려왔다. 어느새 일어나서 놀았는지, 손이랑 얼굴에 모래투성이였다. 달림은 노랑모자를 덥석 안았다. 노랑모자가 달림의 젖은 눈을 보고는 모래 묻은 손으로 달림의 눈가를 닦으며 물었다.

"뒤뚱 씨. 슬퍼?"

"아니야. 반가워서 그래."

헤헤. 노랑모자는 금방 웃으며 속사포처럼 질문을 쏟아 붓는다.

"삐딱이 데려왔어? 야옹이들은 잘 있어? 콩쥐 방 보풀들도 잘 있어?"

"그럼. 다 잘 있지. 보푸라기야. 줄무늬 보러 갈래?"

"응. 좋아."

노랑모자는 콩콩 뛰면서 따라 나왔다.

달림은 노랑모자의 손을 잡고 집으로 오면서 생각했다. 이 애가 엄마를 알아볼까?

달림은 어렵게 입을 열었다.

"보푸라기야. 엄마 말이야."

노랑모자가 반가운 낯으로 눈빛을 반짝거렸다.

"아직도 엄마가 보고 싶어?"

"응!"

"얼만큼?"

"하늘만큼 땅만큼 바다만큼."

"그래? 정말 많이 보고 싶구나?"

노랑모자는 집에 오자마자 고양이부터 찾았다. 줄무늬는 외출 중이었다. 엄마는 다행히 고양이들을 거둬줬다. 아마도 언니가 고양이를 예뻐해서 그런지도 몰랐다. 어디서 구해온 개집을 담벼락 옆에 놔주고 안에는 모포도 깔아줬다. 줄무늬는 자주 집을 비웠다. 새끼들을 집에 놔두고 훌쩍 나가서 한참을 돌아다니다가 시간이 되면 돌아와 젖을 먹였다. 새끼들이 크면 언제라도 떠날 것 같은 예감이 들었다. 새끼들도 마찬가지로 어느 정도 크면 제 어미를 떠나갈 것이다. 세상의 모든 어미와 새끼들의 운명은 다 그런 건지도 모르겠다. 달림은 마음이 쓸쓸해졌다.

노랑모자는 고양이집 앞에 쪼그려 앉아 새끼들을 한참 만지고 놀았다. 엄마가 노랑모자를 보고 한눈에 반했다.

"이 예쁜 아기는 누구야?"

엄마는 안아보고 싶어서 노랑모자에게 손을 내밀었다. 그러자 노랑모자는 쌩, 고개를 돌려 달림의 뒤춤으로 숨어버렸다.

"아! 이 앞에서 가끔 왔다 갔다 하던 그 애기 같네? 그런데 오늘은 왜 또 왔을까?"

달림은 의기양양 대답했다.

"내가 보고 싶다고 자주 오는 거야. 내가 인기가 좀 있거든."

노랑모자가 냉큼 바른 소리를 했다.

"아니야. 줄무늬 보고 싶어서 왔어."

엄마는 노랑모자를 홀린 듯 바라보았다.

"고녀석 참 똘똘하네. 이리 와봐."

엄마는 어떡해든 노랑모자를 안아보고 싶어서 계속 노력했지만, 노랑모자는 조금도 틈을 주지 않았다. 줄무늬가 집으로 돌아오자 엄마는 미역국을 그릇에 담아 노랑모자를 불렀다.

"아가. 이거 고양이 밥이야. 네가 줄래?"

엄마가 노랑모자랑 조금이라도 친해지려고 애를 쓰는 게 보였다. 노랑모자는 쪼르르 달려가서 미역국을 받아 줄무늬에게 줬다. 그리고 고양이 앞에 딱 달라붙어 앉아 고양이가 밥 먹는 내내 꼬박 지켜보았다. 엄마는 노랑모자 옆에 슬그머니 붙어 앉아 조심스럽게 머리를 쓰다듬으며 구석구석 훑어보고 뜯어봤다.

"참 예쁘게도 생겼다."

엄마 눈빛에는 애정이 뚝뚝 떨어졌다. 달림은 속으로 엄마에게 말했다. 지금 엄마 앞에 있는 그 사랑스러운 아이가 누구인지 엄마는 상상이나 해?

줄무늬가 밥을 다 먹을 때까지 노랑모자는 꼼짝도 하지 않았고, 엄마는 마음껏 노랑모자를 쓰다듬었다. 엄마가 상냥한 얼굴을 노랑모자 얼굴에 들이대면서 물었다.

"우리 아기도 맛있는 것 좀 줄까?"

노랑모자는 고개를 싹싹 저었다. 달림은 엄마에게 쏘아붙였다.

"아무거나 먹이지 말랬어."

"누가?"

"이 애 할아버지가."

"그래? 엄청 벌벌 떨면서 키우나 보네?"

노랑모자가 톡 끼어들었다.

"슈가맨이 엄청 벌벌 떨면서 키워."

엄마는 입을 삐죽하고 아쉬워했다. 줄무늬가 밥을 다 먹자 노랑모자는 빈 그릇을 두 손으로 내밀며 높은 목소리로 외쳤다.

"잘 먹었습니다."

엄마는 노랑모자의 웃는 반달눈을 홀딱 반한 듯 바라보았다.

노랑모자와 고양이들과 함께 언니가 돌아올 때를 기다렸다. 언니가 돌아와 책상에 앉는 것을 본 엄마는 잠이 들었다. 달림은 언니를 방으로 불렀다. 언니는 노랑모자를 보자 얼굴이 환해졌다. 한 번 만난 뒤로 보고 싶었는지, 반가워하는 게 눈에 보였다. 꼭 안아 주고 볼에 뽀뽀를 하고 인사가 길었다. 노랑모자는 언니를 꼭 안고 한참 있고 싶어 했다. 달림은 긴장한 채로 두 사람을 지켜봤다.

슈가맨의 말대로 두 사람이 엄마와 아들이라면…… 정말 알아볼까?

"꼬마야. 나 보고 싶었어?"

노랑모자가 "보고 싶었어." 바로 대답했다.

"그러고 보니 우리 예쁜 꼬마, 이름이 뭐라고 했더라? 보푸라기라고 했던가?"

노랑모자는 씩씩하게 외쳤다.

"요요!"

언니가 깜짝 놀라며 물었다.

"뭐?"

"내 진짜 이름은 요요잖아."

언니는 달림을 건너다보았다. 정말이냐고 묻는 것 같았다. 달림이 고개를 끄덕거렸다. 언니의 눈빛이 깊은 우물처럼 출렁거렸다.

"꼬마, 집은 어디니?"

"저기."

"오늘도 고양이랑 놀려고 왔어?"

"응."

"엄마한테 허락받고?"

"엄마? 엄마 찾아야 해."

언니는 당황한 얼굴로 또 달림을 건너다보았다. 흡! 달림은 호흡을 가다듬었다. 배꼽 안쪽에 힘을 빡, 모았다. 여기부터 시작이다. 엉킨 실타래를 풀어야만 하는 시간이다. 마음을 단단히 먹어야 해.

"엄마 찾아야 해?"

언니가 동그랗게 눈을 떴다. 달림은 털어놓고 얘기하고 싶었다. 하지만 용기가 없었다.

"이 근처에 할아버지하고 사는데, 내가 좋다고 자주 놀러 오는 거야."

노랑모자가 냉큼 끼어들었다.

"고양이가 더 좋아."

녀석, 꼭 짚어 말하기는…… 달림은 몹시 서운했다.

"이 애 할아버지가 안 찾아?"

"응. 데리고 놀아주면 좋아하셔. 오늘도 여기서 자고 와도 좋다고 허락받았고."

달림은 슬픈 눈빛을 만들어 중얼거렸다.

"앤 거의 혼자 지내. 할아버지가 엄청 바쁘고 골골하시더라구."

노랑모자가 또랑또랑 참견했다.

"슈가맨, 엄청 바쁘고 골골하셔."

언니는 안쓰러운 눈빛으로 노랑모자를 꼭 안았다. 노랑모자는 언니의 품에 안긴 채로 가만히 눈을 감았다. 언니는 계속 노랑모자의 등을 토닥거렸다. 노랑모자가 갑자기 고개를 들어 언니를 뚫어져라 바라보았다. 그러더니 불쑥 소리쳤다.

"엄마!"

"뭐라고……? 후후!"

언니의 눈빛이 흔들렸다. 노랑모자가 다시, "엄마!" 하고 부르자, 언니의 얼굴에서 웃음기가 가셨다. 그리고 왠지 아픈 얼굴로 노랑모자를 꼭 안았다.

"엄마가 정말 많이 보고 싶은가 봐. 어떻게 하니?"

노랑모자는 언니의 품에 안겨 고개를 들고 중얼거렸다.

"쿵쿵쿵쿵 엄마 소리 나."

"아하! 심장 소리?"

노랑모자가 다시 종알거렸다.

"엄마. 엄마."

언니는 또 안쓰러워하는 얼굴이 됐다.

"내가 엄마 해줄까?"

노랑모자는 언니 얼굴을 올려다보면서 고개를 갸웃거렸다. 아기는 자기 엄마의 심장 소리를 기억한다는 말대로, 노랑모자가 그 소리를 찾는 건지도 모르겠다. 엄마일까? 엄마라면, 알아챈 걸까? 달림의 가슴이 쿵쿵거렸다. 노랑모자는 언니의 얼굴을 두 손으로 잡아 제 가슴으로 끌어당겼다.

"나도 쿵쿵해?"

언니의 귀가 노랑모자의 조그만 가슴에 닿았다.

"콩콩콩콩콩 하네?"

언니가 신기하다는 듯 중얼거렸다. 노랑모자는 신이 나서 대답했다.

"콩콩콩콩 해?"

"응."

"엄마는 쿵쿵쿵쿵쿵쿵 해."

후후후, 헤헤헤…… 두 사람은 장난치듯 웃으며 그렇게 서로 번갈아가며 심장 소리를 들었다. 그 모습을 보는 달림은 안타까워서 배꼽 안쪽이 자꾸만 쿡쿡거렸다. 언니는 웃고 있었지만, 얼핏얼핏 슬픈 기색이 보였다. 무슨 생각을 하는 걸까? 아기를 생각할까? 보푸라기 녀석은? 제 엄마인지 아닌지 감히 생각도 못하는 거겠지? 내가 그랬던 것처럼.

언니가 제 방으로 돌아가려고 일어섰다.

"늦었다. 꼬마야. 이제 자야지?"

노랑모자는 언니 손을 잡고는 놓을 생각을 안 했다. 달림은 일부러 귀찮은 표정을 지어 보이며 언니에게 말했다.

"언니 방에 데리고 가서 자. 나 할 일이 좀 있어서."

언니는 반가운 얼굴로 노랑모자에게 물었다.

"그럴까? 나랑 같이 잘래?"

노랑모자가 얼굴을 활짝 펴며 반달눈으로 웃었다.

"응! 엄마."

둘이는 다정하게 언니 방으로 돌아갔다. 아마도, 노랑모자는 밤새도록 언니의 심장 소리를 들으며 잠을 잘 것이다. 노랑모자는 엄마를 알아본 걸까?

달림은 조급해졌다.

인형 작업이 거의 마무리되어가고 있다. 하지만 마냥 기쁘지만은 않았다. 달림은 인형에게 입힐 파랑 셔츠와 하얀 바지의 옷본을 그렸다.

이때 미루가 메시지를 보내왔다. 희미한 사진 한 장과 함께.

지금 나는 이걸 만들고 있어. 세상이라는 무대로 사람이 처음 나올 때 입는 첫 무대의상.

배냇저고리였다. 사진을 자세히 들여다보니, 아직 미완성 상태였다.

달림은 손에 들고 있던 인형을 소중하게 가슴에 끌어안았다.

엄마 엄마 엄마

보풀들이 에밀레 별로 돌아가야 할 날이 점점 다가오는 듯했다. 슈가맨의 손길이 여느 때보다 분주해졌다. 새로 짠 모자들을 준비하고, 아이들이 입고 갈 깨끗한 옷을 준비하느라 바빠 보였다. 노랑모자는 자주 집으로 왔다. 고양이들 때문인 것 같기도 하지만, 엄마에 대한 끌림일지도 몰랐다. 슈가맨이 말한 것처럼. 서로 알아보게 될지는 아직 미지수다.

달림은 기다리면서 불안하고 초조했다. 시간이 점점 줄어들어가고 있다. 노랑모자는 고양이들과 놀다가도 불쑥불쑥 물었다.

"엄마 언제 와?"

노랑모자는 아예, 대놓고 언니를 엄마라고 불렀다. 엄마인 줄 알고 부르는 건 아니겠지만 그래도 혹시나 알고 있는 건 아닐까? 달림은 덜컹덜컹했다. 언니는 가엾은 노랑모자에게 엄마라고 불리는 걸 좋아했다. 그렇게라도 해줄 수 있어서 다행이라고 했다.

"좀 더 있으면 올 거야."

대답하기가 슬슬 지쳐갈 무렵 언니가 돌아왔다. 언니와 노랑모자는 이산가족 상봉이라도 한 듯 얼싸안는다. 언니는 피곤한 얼굴이지만, 마음은 무척 편안해 보였다.

"많이 기다렸어?"

"응. 엄마."

언니는 감동한 빛을 감추지 못했다.

"우리 꼬맹이 보고 싶어서 막 뛰어왔어."

언니와 노랑모자는 새끼 고양이들을 데려다가 안고 주무르기 시작했다. 달림은 준비했던 음악을 틀었다. 모차르트 두 대의 피아노를 위한 소나타. 언니가 몇 년 전부터 자주 듣던 음악들 중의 한 곡이다. 노랑모자가 엄마 뱃속에서 들었다면 기억할 것이다. 노랑모자의 반응이 무척 궁금했다.

맑고 아름다운 구슬이 굴러가는 듯한 피아노 소리가 조용히 들렸다. 예상대로 노랑모자는 음악이 들리는 방향으로 고개를 돌렸다. 언니도 음악을 들으며 계속 고양이와 장난을 쳤다.

노랑모자가 리듬을 따라 피아노 소리를 흉얼거렸다.

"띵딩똥또또동. 도도동똥똥 또로로 롱……."

언니가 신기하다는 듯이 노랑모자를 바라보았다.

"꼬마야. 이 음악 알아?"

"응."

"또로또또똥 도로로로로 따라라땅땅 댕."

노랑모자는 피아노곡이 끝나는 부분의 음을 또렷하게 따라 불렀다. 박자도 리듬도 정확했다. 언니는 눈이 동그래져 달림을 바라봤다.

"얘, 정말 똑똑한가 봐."

노랑모자가 자랑스럽게 말했다.

"응, 똑똑해. 엄마랑 날마다 들었어."

"엄마가 이 음악 좋아했구나?"

다른 음악을 이어 들려줬다. 라흐마니노프 피아노 협주곡 3번. 애잔한 곡조가 울리고, 언니는 눈을 감고 몸을 흔들었다. 노랑모자는 눈썹 하나 움직이지 않고 뚫어져라 허공을 바라보았다. 그리고 조금 뒤 그 애의 유리알 같은 눈에서 또르르 눈물이 흘렀다. 달림은 정말 깜짝 놀랐다.

"보푸라기야. 왜?"

언니도 놀라서 노랑모자를 품에 안았다. 노랑모자는 눈물을 흘리면서 대답했다.

"이 소리가 좋아서 슬퍼."

달림은 그만 펑, 울음이 터졌다. 제 엄마가 가장 좋아하는 음악이니까, 제 엄마랑 가장 많이 들었던 음악이니까 좋은 거야. 그리고 슬픈 거야.

언니도 따라서 눈물을 흘렸다. 달림은 일부러 활기차게 말했다.

"우리 보푸라기 노래도 잘 부르더라. 한번 불러볼래?"

넓고 넓은 바닷가에 오막살이 집 한 채…….

틈틈이 흥얼거리던 이 노래를 뱃속의 아기는 들었겠지. 언니 얼굴이 창백해졌다. 당황스러움과 두려움이 담긴 눈빛이 흔들렸다. 달림의 배꼽이 마구 펄떡거리기 시작했다. 두려웠다. 내가 뭘 하는 거지? 뭘 어쩌려고? 언니가 괴로워하고 있잖아. 나도 자신 없어.

당장 그만두고 싶었다. 하지만 열심히 노래를 부르는 노랑모자를 보자 그럴 수 없다는 생각이 들었다. 애써 마음을 다잡았다. 그래, 노랑모자는 엄마를 찾아야 해. 내가 아니면 도와줄 사람이 없어. 언니도 아마 아기가 보고 싶을 거야.

다시 용기를 내기로 마음먹었다. 언니가 울음을 참으며 밖으로 나가려고 일어섰다. 노랑모자는 냉큼 언니를 따라 일어나려 했다. 달림은 노랑모자의 팔을 끌어당겨 앉혔다.

"금방 올게. 야옹이랑 놀고 있어."

노랑모자는 순하게 고개를 끄덕거리고 자리에 앉았다.

언니는 제 방 침대에 엎드려 있었다. 언니는 일기장을 손에 들고 있다가 이불 속으로 숨기듯 넣었다. 언니가 울먹거리며 작은 소리로 말했다.

"저 애 아직도 엄마를 못 찾았어?"

달림은 잘 안 나오는 목소리로 겨우 말했다.

"언니야. 나, 그 일기장 봤어."

언니는 담담하게 눈을 감았다 떴다. 눈에 눈물이 가득했다.

"다 알고 있었어?"

"미안해."

언니의 눈빛이 복잡해졌다. 언니의 목소리가 높아졌다.

"그럼, 지금 이 상황은 뭐야? 나 지금 꿈꾸는 거지?"

달림은 대답하지 않았다. 언니가 달림을 세게 흔들었다.

"저 애를 볼 때부터 힘들어졌어. 아니, 저 애를 만나기 전부터 힘들었고 이상하게 자꾸만 아기가 생각났어. 그런데 저 애가 꼭 내 아기인 것만 같아서 미치겠어. 절대 그럴 리가 없는데."

언니는 일기장을 가슴에 꼭 안으며 눈물을 흘렸다. 달림이 언니의 손을 가만히 잡았다.

"너도 나를 욕하겠지?"

"뭘?"

"살인자라고……."

달림은 고개를 끄덕거렸다.

"그래. 맞아. 난 살인자야."

언니는 울음 사이사이 겨우 말을 이어갔다.

"어느 날 내 뱃속에 아기가 들어왔더라구. 난 그냥 사랑만 하면 되는 줄 알았는데…….”

언니의 울음이 터졌다. 달림은 엄마가 들을까 봐 식당 쪽에 신경이 쓰였다.

“난 정말 많이 생각했어. 아기를 낳아야 할지 말아야 할지……. 그러다 낳기로 했어. 정말 행복하더라. 너도 일기장에서 봤지? 내가 아기를 얼마나 사랑했는지.”

달림은 고개를 끄덕거렸다.

“그런데 왜 죽였냐고?”

언니가 제 스스로 물었다. 흥분한 언니가 무서웠다. 언니는 짧게 외쳤다.

“내 인생!”

그래. 언니의 인생…… 미루도 그랬지.

달림은 여전히 입이 떨어지지 않았다.

“나는 잘할 자신이 있었어. 뭐든지. 그런데…….”

언니는 콧물을 닦느라 말을 멈추고는 큰 숨을 내쉬었다.

“아무도 내 편이 없었어. 민석이도 뭘 어떻게 해줄 수가 없었어. 나는 완벽하게 혼자였어. 외로워서 죽고 싶을 만큼. 뱃속에 있는 아기 그림을 봤어. 보이지만 않을 뿐, 몸으로 느껴지는 완벽한 생명이었어. 그런 아기가 나에게 꼭 붙어 있는데 어떻게 용기를 내지 않을 수가 있겠어? 용기가 생기더라. 그리고 아기를 낳기로 결심했어. 그리고 꼭꼭 숨어 있었지……. 하지만 자주 흔들렸던 건 사실이야. 함께 지내던 사람들을 보면서 마음이 약해지기도 하고, 아기를 낳고 아기를 떠나보내고 앞으로 어떻게 살아야 할지 막막해지고……. 아기를 낳고 나면, 내 인생이 멈춰버릴 것 같았어. 후회할 것 같아서 무서웠어."

언니는 목이 메어 말을 멈췄다. 그리고 잠시 후, 가라앉은 목소리가 이어졌다.

"그런데 그때 엄마가 숨어 있던 나를 찾아냈던 거야. 나는 예상했어. 엄마가 나를 어떻게 할 줄을……. 나는 엄마에게 나를 맡겼지. 아주 자연스럽게."

언니의 어깨가 축 처졌다. 그러고는 달림의 방 쪽을 향해 고개를 들고 말했다.

"그리고 아무 생각 없이 열심히 살려고 했어. 다 잊어버렸다고 생각하면서 말이야. 그런데 정말 이상하지? 저 애를 보면 자꾸만 생각이 나. 우리 아기가 미치게 보고 싶고."

달림은 언니 손을 꽉 잡았다.

"언니. 잘 들어."

달림이 잠깐 뜸을 들였다. 언니는 궁금한 눈빛으로 달림 얼굴을 뚫어져라 바라보았다.

"저 애, 보푸라기 말이야……. 저 아이도 엄마를 찾고 있잖아? 언니는 엄마 뱃속에서 아기들이 죽으면 어디로 간다고 생각해?"

언니는 고개를 흔들며 생각하고 싶지도 않은 듯, 인상을 썼다.

"에밀레 별로 가."

"에밀레 별?"

"보푸라기는 에밀레 별에서 온 아이야."

웬일인지 언니는 웃었다. 피식.

"그런 게 어딨어? 그럼 저 아이가 엄마 뱃속에서 죽은 아이라고?"

"음. 이제 곧 별로 돌아가야 한대."

달림의 눈을 빤히 보던 언니의 눈빛에서 순간 무언가가 휘릭, 날아갔다. 언니의 텅 빈 눈동자는 금방 돌아오지 않았다. 얼음처럼, 죽은 나무처럼, 돌처럼…… 손가락 하나 꼼짝하지 않은 채로 한참 동안 움직이지 않았다. 달림은 무서웠다.

"언니."

울먹이는 소리로 조용히 불러보았다. 그러자 언니가 천천히 움직이며 멍한 얼굴로 물었다.

"요요…… 저 아이 이름이 요요라고 했지?"

언니의 눈빛이 돌아왔지만 사정없이 떨리고 있었다.

"그런데 우리 요요는 저만큼 자라 있을 리가 없어. 그렇잖아? 내 뱃속을 떠난 게 이 년도 안 됐는데……."

달림은 설명했다. 슈가맨에게 들은 대로.

"보풀들은 모두 한 살이래. 엄마 뱃속에 생겨나면서 먹은 한 살이라는 나이가 전부이니까. 하지만 지구에 오는 순간, 활동하기에 불편하지 않을 만큼 최소한의 나이로 변해 지낼 수 있다고 했어.

그래서 보푸라기는 대여섯 살쯤 되는 몸을 갖게 된 거라고."

언니는 비척거리며 엉덩이를 들었다. 그리고 달림의 방으로 달려갔다. 달림은 두 손을 모아 폭풍처럼 소용돌이치는 배꼽에 갖다 댔다. 정말로 무서워서 미칠 것만 같았다. 언니가 방문을 열자 노랑모자는 사라지고 없었다. 그 자리에는 새끼 고양이들이 뒹굴거리고 있었다. 언니는 미친 듯이 밖으로 나가 집 주변을 뒤졌다. 노랑모자는 보이지 않았다. 달림은 마음이 무거웠다.

언니는 말없이 제 방으로 돌아가 책상 앞에 앉았다. 그리고 음악을 틀고 책을 펴 들여다보기 시작했다. 책 위로 뚝뚝 눈물이 떨어졌다.

달림은 어떻게 해야 할지 혼란스러워 가만히 지켜볼 수밖에 없었다. 한참 뒤 언니는 천천히 집 밖으로 나갔다.

달림은 인형 작업을 마무리했다. 노랑 실로 떠놓은 작은 모자를 인형 머리에 씌웠다. 그러고 나니 영락없이 보푸라기다. 인형을 가슴에 꼭 안았다. 너무 아프고 슬펐다.

언니 방에서는 밤새도록 음악 소리가 흘렀고, 언니는 늦도록 집에 들어오지 않았다.

톡톡톡, 사랑한다는 뜻이야

다음 날, 새벽부터 동궁리는 온통 안개 천지가 되었다. 십 미터 앞도 안 보이는 도로에 차들이 비상등을 켜고 거북이처럼 기어 다니고 있었다. 달림은 귀신 놀이터를 올려다봤다. 역시 안개에 가려져 보이지 않았다. 달림은 뭔가 이상한 기운을 느꼈다. 불안하고 초조해졌다.

1교시 수업 시간에 교실이 술렁거렸다.

"오늘 일식이 온대. 한 시간 뒤쯤."

슈가맨이 했던 말이, 꿈을 꾸었던 것처럼 기억났다. 해가 달을 가릴 때 에밀레 별로 가야 한다는…… 쿵, 가슴이 내려앉았다. 무조건 학교를 뛰쳐나왔다.

일식이라고? 보푸라기가 떠나는 날일까? 벌써 가버렸으면 어떡하지? 아니야. 그렇게 갈 리가 없어. 보푸라기가 떠날 줄 알고 있었으면서도, 이렇게 속절없이 시간을 흘려보냈다니. 달림은 주먹으로 제 이마를 쿵쿵 쥐어박았다. 이제야 둘이 만날 수 있게 됐는데…….

최대한 빠른 속도로 삐딱이를 달려 동궁리로 돌아오는데, 어스름하게 주위가 어두워지고 있었다. 달이 해를 가리기 시작했다. 일식의 시작이었다.

떠나버렸으면 어떡하지? 안 돼. 제발 보푸라기를 마지막으로라도 볼 수 있다면……. 달림은 기도처럼 중얼거리며 동궁리로 돌아왔다. 마을은 거무룩한 어둠 속에 젖어들고 있었다. 집에 들러, 노랑모자 인형과 마리를 집어 들고 뛰쳐나와 정신없이 귀신 놀이터로 올라갔다.

놀이터 입구가 거무스름하게 드러났다. 놀이터는 미처 걷히지 않은 안개가 어둠과 함께 젖어 있었다. 솜사탕 냄새와 젖 냄새가 났다.

놀이터로 들어가려는데, 무언가 달림을 막았다. 보이지 않는 어떤 힘이 그렇게 했다.

안쪽에서 재재거리고 웃고 도란도란 말하는 소리가 들렸다. 알록달록한 것들이 미끄러지듯이 공중에 부드럽게 날아다니고 있었다. 가만히 보니, 보풀들이 쓰고 있는 모자였다. 노랑 하양 보라 파랑 빨강 초록……, 색색의 모자를 쓴 보풀들이 놀이터 여기저기서 놀고 있었다. 보풀들이 한꺼번에 다 몰려나온 듯했다. 다시 한 번 놀이터 안으로 들어가려고 시도했지만, 역시 들어갈 수 없었다.

달림은 크게 소리쳤다.

"얘들아! 나 왔어."

보풀들은 달림의 소리를 듣지 못하는 것 같았다. 아무래도 놀이터 안과 바깥 세상이 무언가에 가로막힌 것 같았다. 계수나무 아래 오도카니 앉아 있는 노랑모자가 희미하게 보였다.

"보푸라기!"

목이 터져라 불렀지만 노랑모자는 아예 듣지 못하는 것 같았다. 어둠이 더 깊어졌다. 불안감이 달림의 몸을 휘감았다. 배꼽 안쪽에서 두두두 방망이질이 시작되었다.

"안 돼, 보푸라기!"

다리가 후들후들 떨려왔다. 그때 숲에서 슈가맨이 달림을 향해 걸어 나왔다.

"슈가맨!"

슈가맨은 깊은 바다색 모자를 쓰고 하얀 셔츠와 바지를 입고 있었다. 슈가맨의 눈빛이 무척 위엄 있어 보였다.

"때가 된 거야."

슈가맨의 한마디에 달림이 소리쳤다.

"안 돼요! 이렇게 빨리 가면 안 돼요. 보푸라기를 만나게 해주세요."

슈가맨은 노랑모자를 놀이터 입구로 데리고 와주었다. 노랑모자는 깨끗한 새 모자를 쓰고 깔끔한 흰색 셔츠를 차려입었다. 달림을 보자 언제나처럼 환하게 반달눈으로 웃었다. 눈빛이 유난히 반짝거렸다.

노랑모자가 천연덕스럽게 말했다.

"나 보고 싶어서 왔어? 오늘은 너랑 못 놀아. 내가 좀 바쁠 것 같거든."

달림은 모른 척 물었다.

"엄마 찾아야지?"

노랑모자가 자랑하듯 대답했다.

"엄마. 찾았어."

달림은 놀라서 굳어 버렸다. 울컥 눈물이 차고 올라왔다. 모든 눈물이, 모든 슬픔이 배꼽 안쪽에서부터 솟아올라오는 듯했다. 노랑모자 얼굴을 제대로 보기가 힘들었다.

"엄마, 알고 있었어?"

노랑모자가 고개를 끄덕거렸다. 달림은 더 이상 서 있을 수가 없을 만큼 아팠다.

그때, "야아옹!" 고양이 소리가 들렸다. 줄무늬가 나타나고 그 뒤를 언니 해림이 따라 나타났다. 노랑모자가 큰 목소리로 불렀다.

"엄마!"

노랑모자는 엄마의 가슴에 얼굴을 대고 눈을 꼭 감았다. 엄마의 심장 소리를 듣고 있었다. 언니는 노랑모자의 가슴에 얼굴을 댔다. 아들의 심장 소리를 듣고 있었다. 노랑모자가 엄마 얼굴을 잡고 말했다.

"엄마 엄마 엄마!"

언니는 곧 무너질 듯 흔들거렸다.

"미안해. 요요!"

노랑모자가 활짝 웃으며 말했다.

"엄마 만나서 정말 정말 좋았어. 이제 나는 괜찮아. 엄마를 만났으니깐. 엄마도 나를 만났으니깐 이제 괜찮아야 해?"

언니가 힘들게 고개를 끄덕거렸다.

"톡톡톡!"

노랑모자가 언니의 손가락에 대고 말했다.

"이건, 사랑한다는 뜻이야."

언니가 겨우 소리를 냈다.

"톡톡톡!"

달림은 인형을 노랑모자 품에 건넸다. 마리 인형과 함께. 노랑모자는 활짝 웃으며 두 인형을 품에 꼭 안았다. 그리고 곧 밝은 소리로 말했다.

"내가 보고 싶을 거라고 말해. 어서! 그래야 내가 또 놀러 오지."

달림은 힘들게 입을 열었다.

"보푸라기, 보고 싶을 거야. 정말로."

온 천지가 더 어두워졌다. 해는 초승달 모양이 되어 있었다.

슈가맨은 줄을 서 있는 보풀들에게 마지막 설탕을 먹였다. 그리고 달림에게 다가와 설탕을 내밀었다. 달림은 입을 벌리고 마지막 설탕을 받아먹었다.

보풀들과 슈가맨과 노랑모자가 손을 흔들었다.

바다 쪽에서 돌개바람이 불어와 귀신 놀이터 둘레를 빙글빙글 돌았다. 바람은 점점 세졌지만 부드러운 느낌이다. 숲이 바람을 따라 몸을 흔들기 시작했다. 쏴우우우차르르르르…….

부스스 나뭇잎들이 춤을 추었다. 귀신 놀이터가 들썩들썩 움직이더니 웅크렸던 기지개를 켜며 땅에서 떠올랐다. 날이 조금씩 환해지기 시작했다. 일식이 지나가고 있었다.

놀이터를 둘러쌌던 나무들 밑둥과 굵은 뿌리들이 흐드러지듯 몸을 털었다. 흙모래와 나뭇잎이 후두후둑 흩날렸다.

귀신 놀이터는 천천히 공중으로 떠올랐다. 거대한 우주선처럼.

달림은 손을 높이 흔들었다. 노랑모자가 잘 볼 수 있도록. 한 번만이라도 더 보고 싶어서 자꾸만 가리는 눈물을 닦았다.

귀신 놀이터는 달림의 머리 위를 돌고, 마을 위를 돌고, 어머니의 바다 위를 돌았다.

해를 가렸던 달이 완전히 물러났다.

귀신 놀이터는 천천히 비행을 시작했다. 그리고 하늘 높이 먼 곳을 향해 날았다.

모든 아이들은 어디선가 태어난다. 그러나……

그렇지 않은 아이들도 있다.

제4회 '자음과모음 청소년문학상' 수상자 인터뷰

연약한 목숨이 보내온 신호를 전하기 위하여

유영민(제3회 '자음과모음 청소년문학상' 수상 작가)
공지희(제4회 '자음과모음 청소년문학상' 수상 작가)

유영민 축하드립니다. '자음과모음 청소년문학상'에 『톡톡톡』 같은 멋진 작품이 뽑히게 되어 저도 굉장히 기쁩니다. 처음 『톡톡톡』이란 작품 제목만 듣고 무슨 내용일까, 많은 궁금증이 일었고, 뭔가 시적이면서도 근사한 말의 울림이라고 여겼습니다. 나중에 실제로 작품을 읽어 보니 궁금증이 풀리며 살짝 눈물을 흘리게 되었죠. 선생님에 대해 많은 것이 궁금하지만, 일단은 수상소감부터 말씀해주세요.

공지희 감사합니다. 아주 오래전 저를 찾아온 이 이야기가 긴 기다림 끝에 세상에 나가게 되고 주인공 보푸라기의 "톡톡톡", 작은 신호가 독자들에게 전해지게 되어 기쁩니다. 무엇보다 이 글에 공감해주시고 응원해주신 심사위원 선생님들과 출판사에 감사드립니다.

유영민 선생님께서는 신춘문예로 등단하셨는데요, 많은 독자께서 작가의 꿈을 품게 된 계기와 습작 시절, 영향을 받은 작가와 작품에 대해 궁금해할 것 같습니다. 좋아하는 음악이나 영화 등에 대해서도 편안하게 들려주세요.

공지희 사춘기 시절에는 소설을 읽으면서 위로를 많이 받았고, 어른이 되어서는 동화를 보며 문학이 주는 울림에 감동하게 되었습니다. 자연스레 글이 쓰고 싶어졌습니다. 습작 시절에 권정생 작가처럼 쓰고 싶다는 꿈은 품었더랬죠. 나중에 그렇게 쓴다는 게 얼마나 힘든지 깨닫기도 했지만요. 그래도요.

음악에 많이 약한 편이에요. 나른한 재즈나 슬픈 가요를 좋아하고요. 삶이 퍽퍽할 때는 시규어로즈 같이 판타스틱한 영감을 주는 음악을 듣고 행복해지려고 합니다. 영화는 많이는 못 보는데 동경하고 공부하는 마음으로 봅니다. 타르코프스키, 장 피에르 주네, 팀 버튼 감독의 영화를 좋아하고요. 판타지 영화는 덮어놓고 좋아합니다.

유영민 『톡톡톡』은 굉장히 아름다운 작품입니다. 저는 그것이 단순한 아름다움이 아니라 슬픔과 고통까지 끌어안는 포용적 아름다움이라고 느꼈습니다. 마치 모성처럼 말이지요(남성인 저로서는 작품 전반을 감싸는 모성적 아우라가 넘볼 수 없는 영역으로 여겨지기도 하였습니다). 이 글을 쓰게 된 계기와 창작 과정, 집필 에피소드를 듣고 싶습니다.

공지희 작가의 글에는 자신이 쓰고 싶어 쓰는 이야기도 있지만, 쓰지 않으면 안돼서 쓰는 이야기도 있지 않습니까? 『톡톡톡』은 쓰지 않고 버티기 힘들어 쓴 이야기입니다. 십 년도 더 전에 저에게 이 이야기가 찾아왔을 때, 단편으로 써 두었습니다. 그러고는 잠을 재웠다가 몇 년 뒤에 장편으로 만들었고, 또 긴 잠을 재웠습니다. 힘들어서 피하고 싶은 글이었습니다. 그리고 무심히 시간을 보냈습니다. 우리가 사는 세상에 목숨들이 꽃잎처럼 꺾여지고 있습니다. 약하고 힘없는 목숨. 그까짓 거 아무것도 아니라고 하고 있습니다. 숨겨지는 진실, 공공연한 비밀, 덮여지고 넘어가고, 전염병처럼 무기력감이, 수치심이 밀려오고……. 퍼뜩 정신을 차리고 뭔가 꼭 해야 할 일을 생각했습니다. 서둘러 이 글을 완성했습니다. 또 하나 보태지는 낙태 이야기가 아닙니다. 조그맣고 연약한 목숨들이 보내는 가느다란 신호입니다.

유영민 작품을 읽으면서 아주 강렬한 주제를 자연스럽고 신비롭게 그려낸 것에 대해 크게 놀라고 감탄했습니다. 임신 중절은 사회적으로 아주 오래된 문제이기도 하고, 그러면서도 여전히 찬반 논쟁이 뜨겁게 진행 중입니다. 이 소설에서도 그것이 여러 등장인물을 통해 그려지고 있는데, 선생님의 생각을 알고 싶습니다.

공지희 우리나라에서 하루에 500여 명이 누군가에게 죽임을 당하고 있다면? 어마어마하게 공포스러운 사건이겠죠? 사실 엄마 배 속에서 헤엄치던 아기가 그렇게 죽고 있어요. 낙태죄는 있지만 낙태는 모른 척하고 있는 거죠. 인간 누구나 그렇게 가장 힘 없고 약한 태아로부터 시작했던 시간을 기억해야 한다고 봅니다.

잉태되는 순간 그 생명의 주인은 누구일까?

낙태는 여성만의 문제일까? 남성은 자유로운가?

사회는 왜 낙태를 묵인하는가?

낙태를 하면 행복할까, 불행할까?

미혼모만 낙태를 할까? 왜 여자 태아가 더 많이 낙태될까?

저는 이 글을 통해 제 생각을 강조하기보다는 낙태와 임신, 성에 대해 우리 모두 함께 더 진중하게 생각할 기회가 되기를 바랍니다.

무엇보다 작은 크기의 사람인, 우리와 똑같은 한 사람인 태아의 존재를 함께 생각하고 존중해주셨으면 좋겠습니다.

유영민 앞으로 쓰시게 될 작품의 방향은 어떻게 되는지 궁금합니다. 그리고 경계에서 분투하는 청소년들에게 응원 한 마디 부탁드리겠습니다.

공지희 소통과 이해와 사랑에 대해 고민이 많고요. 아름다운 사람, 괴짜에 대해서도 관심을 갖고 있어요. 판타지에 대한 애정과 집착은 당분간 더 계속될 것 같습니다.

'경계에서 분투하는 청소년'이란 말이 멋지네요. 저는 '경계'라는 말을 무척 좋아합니다. 판타지 문학에서도 아주 중요한 개념이에요. 경계에 있다는 건 두 세계 사이를 걸치고 있다는 뜻이잖아요. 두 쪽 세계를 다 볼 수 있고 다리 역할을 해줄 수 있는 위치입니다. 한쪽 세계에 빠져 있는 사람들보다 훨씬 유연하고 넓은 시야를 가질 수 있습니다.

또한 경계에 있는 사람은 무한한 가능성으로 가는 과정에 있죠. 어느 방향으로든 시작해볼 수 있습니다. 부디 지금의 아름다운 자신을 사랑하고 믿으시길요. 힘내세요.

작가의 말

우주에서 유영하듯 무중력상태로 보냈습니다. 어느 땅에도 발을 붙이지 못하고 등짝에는 책 몇 권과 노트북을 담은 가방을 매달고 떠다녔습니다. 캄캄한 우주에서 본 별들은 아름다웠고 멀었습니다.

유영하듯 지내는 게 지겨워질 즈음, 나는 아주 오래전에 지나쳐왔던 작은 별을 떠올렸습니다. 그 별에서 보냈던 신호가 자꾸만 들렸기 때문입니다. 아니 제 기억 속에 저장되었다가 꺼내어진 것인지도 모르겠습니다. 그 별을 찾아 헤어보았습니다.

음…… 저기 화려한 전갈자리를 지나 유난히 또렷하게 빛나는 작고 작은 저 별. 그 별을 찾아가 유영을 멈추고 발을 붙였습니다. 작고 가녀린 보푸라기들이 모여 사는 별의 이름은 에밀레입니다.

이제 에밀레 별 아이들의 이야기를 들려줄 시간이 되었습니다.

이 책을 읽은 다음, 여러 가지 질문이 생겨날 수도 있을 겁니다. 원치 않는 임신, 부모의 사정, 여성의 인생, 아이의 인생, 낙태 찬반.

잉태된 순간, 목숨의 주인은 그 아이입니다. 목숨의 주인 의견이 궁금하네요. 사람은 누구라도 배 속의 아이였으니, 나도 그 입장이 되어 생각해 봅니다. 엄마 배 속에 있을 때 누군가가 이렇게 묻습니다. 너를 원했던 건 아니었어. 사는 게 쉽지 않을 거야. 그래도 태어날래? 말래?

이제 이 책은 엄연한 독립 개체가 되어 자유로워졌습니다. 작가가 차려야 할 예의는 물러서서 강요하지 않는 것. 독자들의 생각을 존중하고 결론을 열어두고자 합니다.

이 글에 공감해주신 심사위원 선생님들과 정성껏 책을 만들어주신 자음과모음 출판사에 감사드립니다. 그리고 누에콩, 판타지학교, 글동무들, 가족, 모두 고맙습니다.

2015년 여름
톡톡톡.

톡톡톡, 보풀랜드입니다

초판 1쇄 발행일 | 2015년 8월 4일
초판 9쇄 발행일 | 2024년 11월 1일

지은이 | 공지희
펴낸이 | 정은영

펴낸곳 | ㈜자음과모음
출판등록 | 2001년 11월 28일 제2001-000259호
주　소 | 10881 경기도 파주시 회동길 325-20
전　화 | 편집부 (02)324-2347, 경영지원부 (02)325-6047
팩　스 | 편집부 (02)324-2348, 경영지원부 (02)2648-1311
이메일 | jamoteen@jamobook.com

ISBN 978-89-544-3168-2 (43810)